U0529808

鲁迅讲演录

人民文学出版社

图书在版编目（CIP）数据

鲁迅讲演录 / 鲁迅著. -- 北京：人民文学出版社，2024. -- ISBN 978-7-02-018919-9

Ⅰ. I210.4

中国国家版本馆 CIP 数据核字第 2024QD5001 号

责任编辑　刘　伟
装帧设计　刘　远
责任印制　苏文强

出版发行　人民文学出版社
社　　址　北京市朝内大街 166 号
邮政编码　100705

印　　刷　三河市宏盛印务有限公司
经　　销　全国新华书店等

字　　数　118 千字
开　　本　880 毫米×1230 毫米　1/32
印　　张　6.25　插页 3
印　　数　1—5000
版　　次　2024 年 9 月北京第 1 版
印　　次　2024 年 9 月第 1 次印刷

书　　号　978-7-02-018919-9
定　　价　36.00 元

如有印装质量问题，请与本社图书销售中心调换。电话：010-65233595

目 录

娜拉走后怎样　/ *001*
　　——一九二三年十二月二十六日在北京
　　女子高等师范学校文艺会讲

未有天才之前　/ *010*
　　——一九二四年一月十七日在北京
　　师范大学附属中学校友会讲

中国小说的历史的变迁　/ *016*

记谈话　/ *058*

无声的中国　/ *065*
　　——二月十六日在香港青年会讲

老调子已经唱完　/ *073*
　　——二月十九日在香港青年会讲演

革命时代的文学　/ *082*
　　——四月八日在黄埔军官学校讲

读书杂谈　/ *091*
　　——七月十六日在广州知用中学讲

魏晋风度及文章与药及酒之关系　　/ 100
　　——九月间在广州夏期学术演讲会讲
关于知识阶级　　/ 134
文艺与政治的歧途　　/ 144
　　——十二月二十一日在上海暨南大学讲
现今的新文学的概观　　/ 154
　　——五月二十二日在燕京大学国文学会讲
对于左翼作家联盟的意见　　/ 162
　　——三月二日在左翼作家联盟成立大会讲
上海文艺之一瞥　　/ 171
　　——八月十二日在社会科学研究会讲
帮忙文学与帮闲文学　　/ 191
　　——十一月二十二日在北京大学第二院讲
今春的两种感想　　/ 194
　　——十一月二十二日在北平辅仁大学演讲

娜拉走后怎样[1]

——一九二三年十二月二十六日在北京
女子高等师范学校文艺会讲

我今天要讲的是"娜拉走后怎样？"

伊孛生[2]是十九世纪后半的瑙威的一个文人。他的著作，除了几十首诗之外，其余都是剧本。这些剧本里面，有一时期是大抵含有社会问题的，世间也称作"社会剧"，其中有一篇就是《娜拉》。

《娜拉》一名 *Ein Puppenheim*，中国译作《傀儡家庭》。但 Puppe 不单是牵线的傀儡，孩子抱着玩的人形[3]也是；引申开去，别人怎么指挥，他便怎么做的人也是。娜拉当初是满足地生活在所谓幸福的家庭里的，但是她竟觉悟了：自己是丈夫的傀儡，孩子们又是她的傀儡。她于是走了，只听得关门声，接着就是闭幕。这想来大家都知道，不必细说了。

娜拉要怎样才不走呢？或者说伊孛生自己有解答，就是 *Die Frau vom Meer*，《海的女人》，中国有人译作《海上夫人》的。这女人是已经结婚的了，然而先前有一个爱人在海的彼岸，一日突然寻来,叫她一同去。她便告知她的丈夫,要和那外来人会面。临末,她的丈夫说,"现在放你完全自由。(走与不走)你能够自己选择,并且还要自己负责任。"于是什么事全都改变,她就不走了。这样看来,娜拉倘也得到这样的自由,或者也便可以安住。

但娜拉毕竟是走了的。走了以后怎样?伊孛生并无解答;而且他已经死了。即使不死,他也不负解答的责任。因为伊孛生是在做诗,不是为社会提出问题来而且代为解答。就如黄莺一样,因为他自己要歌唱,所以他歌唱,不是要唱给人们听得有趣,有益。伊孛生是很不通世故的,相传在许多妇女们一同招待他的筵宴上,代表者起来致谢他作了《傀儡家庭》,将女性的自觉,解放这些事,给人心以新的启示的时候,他却答道,"我写那篇却并不是这意思,我不过是做诗。"

娜拉走后怎样?——别人可是也发表过意见的。一个英国人曾作一篇戏剧,说一个新式的女子走出家庭,再也没有路走,终于堕落,进了妓院了。还有一个中国人,——我称他什么呢?上海的文学家罢,——说他所见的《娜拉》是和现译本不同,娜拉终于回来了。这样的本子可惜没有第二人看见,除非是伊孛生自己寄给他的。但从事理上推想起来,娜拉或者也实在只有两条路:不是堕落,就是回来。因为如果是一匹小鸟,则笼子里固然不自由,而一出笼门,外面便又有鹰,有猫,以及别的什么东西之类;倘使已经关得麻痹了翅子,忘却了飞翔,也诚然是无路可以走。还有一条,就是饿死了,但饿死已经离开了生活,更无所谓问题,所以也不是什么路。

　　人生最苦痛的是梦醒了无路可以走。做梦的人是幸福的;倘没有看出可走的路,最要紧的是不要去惊醒他。你看,唐朝的诗人李贺[4],不是困顿了一世的么?而他临死的时候,却对他的母亲说,"阿妈,上帝造成了白玉楼,叫我做文章落成去了。"这岂非明明是一个诳,一个梦?然而一个小的和一个老的,一个死的和一个活的,死的高兴地死去,活的放心地活着。说诳和做梦,在这些时候便见得伟大。所以我想,假使寻不出路,我们所要的倒是梦。

　　但是,万不可做将来的梦。阿尔志跋绥夫[5]曾经借了他所做的小说,质问过梦想将来的黄金世界的理想家,因为要造那世界,先唤起许多人们来受苦。他说,"你们将黄金世界预约给他们的子孙了,可是有什么给他们自己呢?"有是有的,就是将来的希望。但代价也太大了,为了这希望,要使人练敏了感觉来更深切地感到自己的苦痛,叫起灵魂来目睹他自己的腐烂的尸骸。惟有说诳和做梦,这些时候便见得伟大。所以我想,假使寻不出路,我们所要的就是梦;但不要将来的梦,只要目前的梦。

　　然而娜拉既然醒了,是很不容易回到梦境的,因此只得走;可是走了以后,有时却也免不掉堕落或回来。否则,就得问:她除了觉醒的心以外,还带了什么去?倘只有一条像诸君一样的紫红的绒绳的围巾,那可是无论宽到二尺或三尺,也完全是不中用。她还须更富有,提包里有准备,直白地说,就是要有钱。

梦是好的;否则,钱是要紧的。

钱这个字很难听,或者要被高尚的君子们所非笑,但我总觉得人们的议论是不但昨天和今天,即使饭前和饭后,也往往有些差别。凡承认饭需钱买,而以说钱为卑鄙者,倘能按一按他的胃,那里面怕总还有鱼肉没有消化完,须得饿他一天之后,再来听他发议论。

所以为娜拉计,钱,——高雅的说罢,就是经济,是最要紧的了。自由固不是钱所能买到的,但能够为钱而卖掉。人类有一个大缺点,就是常常要饥饿。为补救这缺点起见,为准备不做傀儡起见,在目下的社会里,经济权就见得最要紧了。第一,在家应该先获得男女平均的分配;第二,在社会应该获得男女相等的势力。可惜我不知道这权柄如何取得,单知道仍然要战斗;或者也许比要求参政权更要用剧烈的战斗。

要求经济权固然是很平凡的事,然而也许比要求高尚的参政权以及博大的女子解放之类更烦难。天下事尽有小作为比大作为更烦难的。譬如现在似的冬天,我们只有这一件棉袄,然而必须救助一个将要冻死的苦人,否则便须坐在菩提树下冥想普度一切人类的方法[6]去。普度一切人类和救活一人,大小实在相去太远了,然而倘叫我挑选,我就立刻到菩提树下去坐着,因为免得脱下唯一的棉袄来冻杀自己。所以在家里说要参政权,是不至于大遭反对的,一说到经济的平匀分配,或不免面前就遇见敌人,这就当然要有剧烈的战斗。

　　战斗不算好事情,我们也不能责成人人都是战士,那么,平和的方法也就可贵了,这就是将来利用了亲权来解放自己的子女。中国的亲权是无上的,那时候,就可以将财产平匀地分配子女们,使他们平和而没有冲突地都得到相等的经济权,此后或者去读书,或者去生发,或者为自己去享用,或者为社会去做事,或者去花完,都请便,自己负责任。这虽然也是颇远的梦,可是比黄金世界的梦近得不少了。但第一需要记性。记性不佳,是有益于己而有害于子孙的。人们因为能忘却,所以自己能渐渐地脱离了受过的苦痛,也因为能忘却,所以往往照样地再犯前人的错误。被虐待的儿媳做了婆婆,仍然虐待儿媳;嫌恶学生的官吏,每是先前痛骂官吏的学生;现在压迫子女的,有时也就是十年前的家庭革命者。这也许与年龄和地位都有关系罢,但记性不佳也是一个很大的原因。救济法就是各人去买一本 note-book[7]来,将自己现在的思想举动都记上,作为将来年龄和地位都改变了之后的参考。假如憎恶孩子要到公园去的时候,取来一翻,看见上面有一条道,"我想到中央公园去",那就即刻心平气和了。别的事也一样。

　　世间有一种无赖精神,那要义就是韧性。听说拳匪[8]乱后,天津的青皮,就是所谓无赖者很跋扈,譬如给人搬一件行李,他就要两元,对他说这行李小,他说要两元,对他说道路近,他说要两元,对他说不要搬了,他说也仍然要两元。青皮固然是不足为法的,而那韧性却大可以佩服。要求经济权也一样,有人说这事情太陈腐了,就答道要经济权;说是太卑鄙了,就答道要经济权;说是经济制度就要改变了,用不着再操心,也仍然答道要经济权。

其实,在现在,一个娜拉的出走,或者也许不至于感到困难的,因为这人物很特别,举动也新鲜,能得到若干人们的同情,帮助着生活。生活在人们的同情之下,已经是不自由了,然而倘有一百个娜拉出走,便连同情也减少,有一千一万个出走,就得到厌恶了,断不如自己握着经济权之为可靠。

在经济方面得到自由,就不是傀儡了么?也还是傀儡。无非被人所牵的事可以减少,而自己能牵的傀儡可以增多罢了。因为在现在的社会里,不但女人常作男人的傀儡,就是男人和男人,女人和女人,也相互地作傀儡,男人也常作女人的傀儡,这决不是几个女人取得经济权所能救的。但人不能饿着静候理想世界的到来,至少也得留一点残喘,正如涸辙之鲋[9],急谋升斗之水一样,就要这较为切近的经济权,一面再想别的法。

如果经济制度竟改革了,那上文当然完全是废话。

然而上文,是又将娜拉当作一个普通的人物而说的,假使她很特别,自己情愿闯出去做牺牲,那就又另是一回事。我们无权去劝诱人做牺牲,也无权去阻止人做牺牲。况且世上也尽有乐于牺牲,乐于受苦的人物。欧洲有一个传说,耶稣去钉十字架时,休息在 Ahasvar[10] 的檐下,Ahasvar 不准他,于是被了咒诅,使他永世不得休息，直到末日裁判的时候。Ahasvar 从此就歇不下，只是走，现在还在走。走是苦的，安息是乐的，他何以不安息呢？虽说背着咒诅，可是大约总该是觉得走比安息还适意，所以始终狂走的罢。

只是这牺牲的适意是属于自己的，与志士们之所谓为社会者无涉。群众，——尤其是中国的，——永远是戏剧的看客。牺牲上场，如果显得慷慨，他们就看了悲壮剧；如果显得觳觫[11]，他们就看了滑稽剧。北京的羊肉铺前常有几个人张着嘴看剥羊，仿佛颇愉快，人的牺牲能给与他们的益处，也不过如此。而况事后走不几步，他们并这一点愉快也就忘却了。

对于这样的群众没有法，只好使他们无戏可看倒是疗救，正无需乎震骇一时的牺牲，不如深沉的韧性的战斗。

可惜中国太难改变了，即使搬动一张桌子，改装一个火炉，几乎也要血；而且即使有了血，也未必一定能搬动，能改装。不是很大的鞭子打在背上，中国自己是不肯动弹的。我想这鞭子总要来，好坏是别一问题，然而总要打到的。但是从那里来，怎么地来，我也是不能确切地知道。

我这讲演也就此完结了。

*　　*　　*

〔1〕 本篇最初发表于 1924 年北京女子高等师范学校《文艺会刊》第六期。曾署"陆学仁、何肇葆笔记"。同年 8 月 1 日上海《妇女杂

志》第十卷第八号转载时,篇末有该杂志的编者附记:"这篇是鲁迅先生在北京女子高等师范学校的讲演稿,曾经刊载该校出版《文艺会刊》的第六期。新近因为我们向先生讨文章,承他把原文重加订正,给本志发表。"

〔2〕 伊孛生　通译易卜生。

〔3〕 人形　日语,即人形的玩具。

〔4〕 李贺(790—816)　字长吉,福昌昌谷(今河南宜阳)人,唐代诗人。一生官职卑微,郁郁不得志。著有《李长吉歌诗》四卷。关于他"玉楼赴召"的故事,唐代诗人李商隐《李贺小传》说:"长吉将死时,忽昼见一绯衣人,驾赤虬,持一版,书若太古篆或霹雳石文者,云:'当召长吉。'长吉了不能读,欻下榻叩头言:'阿婆老且病,贺不愿去。'绯衣人笑曰:'帝成白玉楼,立召君为记,天上差乐不苦也。'长吉独泣,边人尽见之。少之,长吉气绝。"

〔5〕 阿尔志跋绥夫(М. П. Арцыбашев,1878—1927)　俄国小说家。他早期的创作带有自由主义色彩,主要描写精神颓废者的生活,有些作品也反映了沙皇统治的黑暗。十月革命后流亡国外,死于华沙。下文所述是他的小说《工人绥惠略夫》中绥惠略夫对亚拉借夫所说的话,见该书第九章。

〔6〕 这是借用关于释迦牟尼的传说。相传佛教始祖释迦牟尼(约前565—前486)有感于人生的生老病死等苦恼,在二十九岁时立志出家修行,遍历各地,苦行六年,仍未能悟道,后坐在菩提树下发誓说:"若不成正觉,虽骨碎肉腐,亦不起此座。"静思七日,就克服了各种烦恼,顿成"正觉"。

〔7〕 Note-book　英语：笔记簿。

〔8〕 拳匪　指1900年（庚子）爆发的义和团运动。参加这次运动的主要是山东、直隶一带的农民、手工业者和城市游民。他们采取设拳会、练拳棒及其他迷信方式组织民众。先以"反清灭洋"为口号，后又改为"扶清灭洋"，被清朝统治者利用攻打外国使馆，焚烧教堂。不久即被八国联军和清政府共同镇压。光绪二十六年五月十七日（1900年6月13日）上谕始称他们为"拳匪"，此前的上谕称"义和拳会"。

〔9〕 涸辙之鲋　战国时庄子的一个寓言，见《庄子·外物》："庄周家贫，故往贷粟于监河侯。监河侯曰：'诺。我将得邑金，将贷子三百金，可乎？'庄周忿然作色曰：'周昨来，有中道而呼者。周顾视车辙中，有鲋鱼焉。周问之曰："鲋鱼来，子何为者邪？"对曰："我东海之波臣也。君岂有斗升之水而活我哉？"周曰："诺。我且南游吴越之土，激西江之水而迎子，可乎？"鲋鱼忿然作色曰："吾失我常与，我无所处。吾得斗升之水然活耳，君乃言此，曾不如早索我于枯鱼之肆。"'"鲋鱼，汉许慎《说文解字》："鲋，鱼名。"据宋人陆佃《埤雅·释鱼》考证，即鲫鱼。

〔10〕 Ahasvar　阿哈斯瓦尔，欧洲传说中的一个补鞋匠，被称为"流浪的犹太人"。

〔11〕 觳觫　通作觳觫，恐惧颤抖的样子。《孟子·梁惠王（上）》："吾不忍其觳觫，若无罪而就死地。"

未有天才之前[1]

——一九二四年一月十七日在北京
师范大学附属中学校友会讲

我自己觉得我的讲话不能使诸君有益或者有趣,因为我实在不知道什么事,但推托拖延得太长久了,所以终于不能不到这里来说几句。

我看现在许多人对于文艺界的要求的呼声之中,要求天才的产生也可以算是很盛大的了,这显然可以反证两件事:一是中国现在没有一个天才,二是大家对于现在的艺术的厌薄。天才究竟有没有?也许有着罢,然而我们和别人都没有见。倘使据了见闻,就可以说没有;不但天才,还有使天才得以生长的民众。

天才并不是自生自长在深林荒野里的怪物,是由可以使天才生长的民众产生,长育出来的,所以没有这种民众,就没有天才。有一回拿破仑过 Alps 山[2],说,"我比 Alps 山还要高!"这何等英伟,然而不要忘记他后面跟着许多兵;倘没有兵,那只有被山那面的敌人捉住或者赶回,他的举动,言语,都离了英雄的界线,要归入疯子一类了。所以我想,在要求天才的产生之前,应该先要求可以使天才生长的民众。——譬如想有乔木,想看好花,一定要有好土;没有土,便没有花木了;所以土实在较花木还重要。花木非有土不可,正同拿破仑非有好兵不可一样。

然而现在社会上的论调和趋势,一面固然要求天才,一面却要他灭亡,连预备的土也想扫尽。举出几样来说:

其一就是"整理国故"[3]。自从新思潮来到中国以后,其实何尝有力,而一群老头子,还有少年,却已丧魂失魄的来讲国故了,他们说,"中国自有许多好东西,都不整理保存,倒去求新,正如放弃祖宗遗产一样不肖。"抬出祖宗来说法,那自然是极威严的,然而我总不信在旧马褂未曾洗净叠好之前,便不能做一件新马褂。就现状而言,做事本来还随各人的自便,老先生要整理国故,当然不妨去埋在南窗下读死书,至于青年,却自有他们的活学问和新艺术,各干各事,也还没有大妨害的,但若拿了这面旗子来号召,那就是要中国永远与世界隔绝了。倘以为大家非此不可,那更是荒谬绝伦!我们和古董商人谈天,他自然总称赞他的古董如何好,然而他决不痛骂画家,农夫,工匠等类,说是忘记了祖宗:他实在比许多国学家聪明得远。

其一是"崇拜创作"[4]。从表面上看来,似乎这和要求天才的步调很相合,其实不然。那精神中,很含有排斥外来思想,异域情调的分子,所以也就是可以使中国和世界潮流隔绝的。许多人对于托尔斯泰,都介涅夫,陀思妥夫斯奇[5]的名字,已经厌听了,然而他们的著作,有什么译到中国来?眼光囚在一国里,听谈彼得和约翰[6]就生厌,定须张三李四才行,于是创作家出来了,从实说,好的也离不了刺取点外国作品的技术和神情,文笔或者漂亮,思想往往赶不上翻译品,甚者还要加上些传统思想,使他适合于中国人的老脾气,而读者却已为他所牢笼了,于是眼界便渐渐的狭小,几乎要缩进旧圈套里去。作者和读者互相为因果,排斥异流,抬上国粹,那里会有天才产生?即使产生了,也是活不下去的。

这样的风气的民众是灰尘,不是泥土,在他这里长不出好花和乔木来!

还有一样是恶意的批评。大家的要求批评家的出现,也由来已久了,到目下就出了许多批评家。可惜他们之中很有不少是不平家,不像批评家,作品才到面前,便恨恨地磨墨,立刻写出很高明的结论道,"唉,幼稚得很。中国要天才!"到后来,连并非批评家也这样叫喊了,他是听来的。其实即使天才,在生下来的时候的第一声啼哭,也和平常的儿童的一样,决不会就是一首好诗。因为幼稚,当头加以戕贼,也可以萎死的。我亲见几个作者,都被他们骂得寒噤了。那些作者大约自然不是天才,然而我的希望是便是常人也留着。

恶意的批评家在嫩苗的地上驰马,那当然是十分快意的事;然而遭殃的是嫩苗——平常的苗和天才的苗。幼稚对于老成,有如孩子对于老人,决没有什么耻辱;作品也一样,起初幼稚,不算耻辱的。因为倘不遭了戕贼,他就会生长,成熟,老成;独有老衰和腐败，倒是无药可救的事！我以为幼稚的人，或者老大的人，如有幼稚的心，就说幼稚的话，只为自己要说而说，说出之后，至多到印出之后，自己的事就完了，对于无论打着什么旗子的批评，都可以置之不理的！

就是在座的诸君，料来也十之九愿有天才的产生罢，然而情形是这样，不但产生天才难，单是有培养天才的泥土也难。我想，天才大半是天赋的；独有这培养天才的泥土，似乎大家都可以做。做土的功效，比要求天才还切近；否则，纵有成千成百的天才，也因为没有泥土，不能发达，要像一碟子绿豆芽。

做土要扩大了精神，就是收纳新潮，脱离旧套，能够容纳，了解那将来产生的天才；又要不怕做小事业，就是能创作的自然是创作，否则翻译，介绍，欣赏，读，看，消闲都可以。以文艺来消闲，说来似乎有些可笑，但究竟较胜于戕贼他。

泥土和天才比，当然是不足齿数的，然而不是坚苦卓绝者，也怕不容易做；不过事在人为，比空等天赋的天才有把握。这一点，是泥土的伟大的地方，也是反有大希望的地方。而且也有报酬，譬如好花从泥土里出来，看的人固然欣然的赏鉴，泥土也可以欣然的赏鉴，正不必花卉自身，这才心旷神怡的——假如当作泥土也有灵魂的说。

*　　*　　*

〔1〕　本篇最初发表于1924年北京师范大学附属中学《校友会

刊》第一期。同年12月27日《京报副刊》第二十一号转载时,前面有一段作者的小引:"伏园兄:今天看看正月间在师大附中的演讲,其生命似乎确乎尚在,所以校正寄奉,以备转载。二十二日夜,迅上。"

〔2〕 Alps山 即阿尔卑斯山,欧洲最高大的山脉,位于法意两国之间。拿破仑在1800年进兵意大利同奥地利作战时,曾越过此山。

〔3〕 "整理国故" 当时胡适所提倡的一种主张。胡适在1919年7月就主张"多研究些问题,少谈些主义";同年12月他在《新青年》第七卷第一号《"新思潮"的意义》一文中提出"整理国故"的口号。1923年1月在北京大学《国学季刊》的《发刊宣言》中,他更系统地阐述"整理国故"的主张。本文中所批评的,是当时某些附和这一主张的人们所发的一些议论。

〔4〕 "崇拜创作" 根据作者后来写的《祝中俄文字之交》(《南腔北调集》),这里所说似因郭沫若的意见而引起的。郭沫若曾在1921年2月《民铎》第二卷第五号发表的致李石岑函中说过:"我觉得国内人士只注重媒婆,而不注重处子;只注重翻译,而不注重产生。"他的这些话,是由于看了当年上海《时事新报》副刊《学灯》双十节增刊而发的,在增刊上刊载的第一篇是翻译小说,第二篇才是鲁迅的《头发的故事》。事实上,郭沫若也重视翻译,他曾经翻译过许多外国文学作品,鲁迅的意见也不能看作只是针对个人的。

〔5〕 托尔斯泰(Л. Толстой,1828—1910) 俄国作家。著有《战争与和平》、《安娜·卡列尼娜》、《复活》等。都介涅夫(И. С. Тургенев,1818—1883),通译屠格涅夫,俄国作家。著有小说《猎人笔记》、《罗亭》、《父与子》等。陀思妥夫斯奇(Ф. М. Достоевский,1821—

1881),通译陀思妥耶夫斯基,俄国作家。著有小说《穷人》、《被侮辱与被损害的》、《罪与罚》等。

〔6〕 彼得和约翰 欧美人常用的名字,这里泛指外国人。

中国小说的历史的变迁

本篇系鲁迅1924年7月在西安讲学时的记录稿，经本人修订后，收入西北大学出版部1925年3月印行的《国立西北大学、陕西教育厅合办暑期学校讲演集》（二）。

我所讲的是中国小说的历史的变迁。许多历史家说，人类的历史是进化的，那么，中国当然不会在例外。但看中国进化的情形，却有两种很特别的现象：一种是新的来了好久之后而旧的又回复过来，即是反复；一种是新的来了好久之后而旧的并不废去，即是羼杂。然而就并不进化么？那也不然，只是比较的慢，使我们性急的人，有一日三秋之感罢了。文艺，文艺之一的小说，自然也如此。例如虽至今日，而许多作品里面，唐宋的，甚而至于原始人民的思想手段的糟粕都还在。今天所讲，就想不理会这些糟粕——虽然它还很受社会欢迎——而从倒行的杂乱的作品里寻出一条进行的线索来，一共分为六讲。

第一讲　从神话到神仙传

考小说之名,最古是见于庄子所说的"饰小说以干县令"。"县"是高,言高名;"令"是美,言美誉。但这是指他所谓琐屑之言,不关道术的而说,和后来所谓的小说并不同。因为如孔子,杨子[1],墨子[2]各家的学说,从庄子看来,都可以谓之小说;反之,别家对庄子,也可称他的著作为小说。至于《汉书》《艺文志》上说:"小说者,街谈巷语之说也。"这才近似现在的所谓小说了,但也不过古时稗官采集一般小民所谈的小话,借以考察国之民情,风俗而已,并无现在所谓小说之价值。

小说是如何起源的呢?据《汉书》《艺文志》上说:"小说家者流,盖出于稗官。"稗官采集小说的有无,是另一问题;即使真有,也不过是小说书之起源,不是小说之起源。至于现在一班研究文学史者,却多认小说起源于神话。因为原始民族,穴居野处,见天地万物,变化不常——如风,雨,地震等——有非人力所可捉摸抵抗,很为惊怪,以为必有个主宰万物者在,因之拟名为神;并想像神的生活,动作,如中国有盘古氏开天辟地之说,这便成功了"神话"。从神话演进,故事渐近于人性,出现的大抵是"半神",如说古来建大功的英雄,其才能在凡人以上,由于天授的就是。例如简狄吞燕卵而生商,尧时"十日并出",尧使羿射之的话,都是和凡人不同的。这些口传,今人谓之"传说"。由此再演进,则正事归为史;逸史即变为小说了。

我想,在文艺作品发生的次序中,恐怕是诗歌在先,小说在后的。诗歌起于劳动和宗教。其一,因劳动时,一面工作,一面唱歌,可以忘却劳苦,所以从单纯的呼叫发展开去,直到发挥自己的心意和感情,并偕有自然的韵调;其二,是因为原始民族对于神明,渐因畏惧而生敬仰,于是歌颂其威灵,赞叹其功烈,也就成了诗歌的起源。至于小说,我以为倒是起于休息的。人在劳动时,既用歌吟以自娱,借它忘却劳苦了,则到休息时,亦必要寻一种事情以消遣闲暇。这种事情,就是彼此谈论故事,而这谈论故事,正就是小说的起源。——所以诗歌是韵文,从劳动时发生的;小说是散文,从休息时发生的。

但在古代,不问小说或诗歌,其要素总离不开神话。印度,埃及,希腊都如此,中国亦然。只是中国并无含有神话的大著作;其零星的神话,现在也还没有集录为专书的。我们要寻求,只可从古书上得到一点,而这种古书最重要的,便推《山海经》。不过这书也是无系统的,其中最要的,和后来有关系的记述,有西王母的故事,现在举一条出来:

"玉山,是西王母所居也。西王母其状如人,豹尾虎齿而善啸,蓬发戴胜,是司天之厉及五残。"

如此之类还不少。这个古典,一直流行到唐朝,才被骊山老母夺了位置去。此外还有一种《穆天子传》,讲的是周穆王驾八骏西征的故事,是汲郡古冢中杂书之一篇。——总之中国古代的神话材料很少,所有者,只是些断片的,没有长篇的,而且似乎也并非后来散亡,是本来的少有。我们在此要推求其原因,我以为最要的有两种:

一、太劳苦 因为中华民族先居在黄河流域,自然界底情形并不佳,为谋生起见,生活非常勤苦,因之重实际,轻玄想,故神话就不能发达以及流传下来。劳动虽说是发生文艺的一个源头,但也有条件:就是要不过度。劳逸均适,或者小觉劳苦,才能发生种种的诗歌,略有余暇,就讲小说。假使劳动太多,休息时少,没有恢复疲劳的余裕,则眠食尚且不暇,更不必提什么文艺了。

二、易于忘却 因为中国古时天神,地祇,人,鬼,往往殽杂,则原始的信仰存于传说者,日出不穷,于是旧者僵死,后人无从而知。如神荼,郁垒,为古之大神,传说上是手执一种苇索,以缚虎,且御凶魅的,所以古代将他们当作门神。但到后来又将门神改为秦琼,尉迟敬德,并引说种种事实,以为佐证,于是后人单知道秦琼和尉迟敬德为门神,而不复知神荼,郁垒,更不消说造作他们的故事了。此外这样的还很不少。

中国的神话既没有什么长篇的,现在我们就再来看《汉书》《艺文志》上所载的小说:《汉书》《艺文志》上所载的许多小说目录,现在一样都没有了,但只有些遗文,还可以看见。如《大戴礼》《保傅篇》中所引《青史子》说:

"古者年八岁而出就外舍，学小艺焉，履小节焉；束发而就大学，学大艺焉，履大节焉。居则习礼文，行则鸣佩玉，升车则闻和鸾之声，是以非僻之心无自入也。……"

《青史子》这种话，就是古代的小说；但就我们看去，同《礼记》所说是一样的，不知何以当作小说？或者因其中还有许多思想和儒家的不同之故吧。至于现在所有的所谓汉代小说，却有称东方朔所做的两种：一、《神异经》；二、《十洲记》。班固做的，也有两种：一、《汉武故事》；二、《汉武帝内传》。此外还有郭宪做的《洞冥记》，刘歆做的《西京杂记》。《神异经》的文章，是仿《山海经》的，其中所说的多怪诞之事。现在举一条出来：

"西南荒山中出訛兽，其状若菟，人面能言，常欺人，言东而西，言恶而善。其肉美，食之，言不真矣。"（《西南荒经》）

《十洲记》是记汉武帝闻十洲于西王母之事，也仿《山海经》的，不过比较《神异经》稍微庄重些。《汉武故事》和《汉武帝内传》，都是记武帝初生以至崩葬的事情。《洞冥记》是说神仙道术及远方怪异的事情。《西京杂记》则杂记人间琐事。然而《神异经》，《十洲记》，为《汉书》《艺文志》上所不载，可知不是东方朔做的，乃是后人假造的。《汉武故事》，《汉武帝内传》则与班固别的文章，笔调不类，且中间夹杂佛家语，——彼时佛教尚不盛行，且汉人从来不喜说佛语——可知也是假的。至于《洞冥记》,《西京杂记》又已经为人考出是六朝人做的。——所以上举的六种小说,全是假的。惟此外有刘向的《列仙传》[3]是真的。晋的葛洪又作《神仙传》[4],唐宋更多,于后来的思想及小说,很有影响。但刘向的《列仙传》,在当时并非有意作小说,乃是当作真实事情做的,不过我们以现在的眼光看去,只可作小说观而已。《列仙传》,《神仙传》中片断的神话,到现在还多拿它做儿童读物的材料。现在常有一问题发生:即此种神话,可否拿它做儿童的读物?我们顺便也说一说。在反对一方面的人说:以这种神话教儿童,只能养成迷信,是非常有害的;而赞成一方面的人说:以这种神话教儿童,正合儿童的天性,很感趣味,没有什么害处的。在我以为这要看社会上教育的状况怎样,如果儿童能继续更受良好的教育,则将来一学科学,自然会明白,不至迷信,所以当然没有害;但如果儿童不能继续受稍深的教育,学识不再进步,则在幼小时所教的神话,将永信以为真,所以也许是有害的。

* * *

〔1〕 杨子　即杨朱,战国初期魏国人。主张"贵生重己","全性葆真,不以物累形"的"为我"思想。其言论事迹,散见《孟子》、《庄子》、《韩非子》、《吕氏春秋》等书。《列子》中虽有《杨朱》篇,但系后人伪托。

〔2〕 墨子(约前468—前376)　名翟,春秋战国之际鲁国人。曾

任宋国大夫,墨家学派创始者。他主张"爱无差等"的"兼爱"思想。现存《墨子》五十三篇。

〔3〕《列仙传》《隋书·经籍志》著录二卷,题刘向撰。叙写赤松子等七十一个仙人的故事。

〔4〕《神仙传》《隋书·经籍志》著录十卷,题葛洪撰。叙写许由、巢父等八十四人名列仙班的故事。

第二讲　六朝时之志怪与志人

　　上次讲过：一、神话是文艺的萌芽。二、中国的神话很少。三、所有的神话，没有长篇的。四、《汉书》《艺文志》上载的小说都不存在了。五、现存汉人的小说，多是假的。现在我们再看六朝时的小说怎样？中国本来信鬼神的，而鬼神与人乃是隔离的，因欲人与鬼神交通，于是乎就有巫出来。巫到后来分为两派：一为方士；一仍为巫。巫多说鬼，方士多谈炼金及求仙，秦汉以来，其风日盛，到六朝并没有息，所以志怪之书特多，像《博物志》上说：

　　　　"燕太子丹质于秦，……欲归，请于秦王。王不听，谬言曰，'令乌头白，马生角，乃可。'丹仰而叹，乌即头白，俯而嗟，马生角。秦王不得已而遣之……"（卷八《史补》）

这全是怪诞之说，是受了方士思想的影响。再如刘敬叔的《异苑》上说：

　　　　"义熙中，东海徐氏婢兰忽患羸黄，而拂拭异常，共伺察之，见扫帚从壁角来趋婢床，乃取而焚之，婢即平复。"（卷八）

这可见六朝人视一切东西，都可成妖怪，这正就是巫底思想，即所谓"万有神教"。此种思想，到了现在，依然留存，像：常见在树上挂着"有求必应"的匾，便足以证明社会上还将树木当神，正如六朝人一样的迷信。其实这种思想，本来是无论何国，古时候都有的，不过后来渐渐地没有罢了，但中国还很盛。

六朝志怪的小说，除上举《博物志》、《异苑》而外，还有干宝的《搜神记》，陶潜的《搜神后记》。但《搜神记》多已佚失，现在所存的，乃是明人辑各书引用的话，再加别的志怪书而成，是一部半真半假的书籍。至于《搜神后记》，亦记灵异变化之事，但陶潜旷达，未必作此，大约也是别人的托名。

此外还有一种助六朝人志怪思想发达的，便是印度思想之输入。因为晋，宋，齐，梁四朝，佛教大行，当时所译的佛经很多，而同时鬼神奇异之谈也杂出，所以当时合中，印两国底鬼怪到小说里，使它更加发达起来，如阳羡鹅笼的故事，就是：

"阳羡许彦于绥安山行，遇一书生，……卧路侧，云脚痛，求寄鹅笼中。彦以为戏言，书生便入笼，……宛然与双鹅并坐，鹅亦不惊。彦负笼而去，都不觉重。前行息树下，书生乃出笼谓彦曰：'欲为君薄设。'彦曰：'善。'乃口中吐出一铜奁子，中具肴馔。……酒数行，谓彦曰：'向将一妇人自随，今欲暂邀之。'……又于口中吐一女子，……共坐宴。俄而书生醉卧，此女谓彦曰：'……向亦窃得一男子同行，……暂唤之……'……女子于口中吐出一男子……"

此种思想，不是中国所故有的，乃完全受了印度思想的影响。就此也可知六朝的志怪小说,和印度怎样相关的大概了。但须知六朝人之志怪,却大抵一如今日之记新闻,在当时并非有意做小说。

六朝时志怪的小说,既如上述,现在我们再讲志人的小说。六朝志人的小说,也非常简单,同志怪的差不多,这有宋刘义庆做的《世说新语》,可以做代表。现在待我举出一两条来看:

> "阮光禄在剡,曾有好车,借者无不皆给。有人葬母,意欲借而不敢言。阮后闻之,叹曰:'吾有车而使人不敢借,何以车为?'遂焚之。"(卷上《德行篇》)

> "刘伶恒纵酒放达,或脱衣裸形在屋中。人见讥之,伶曰:'我以天地为栋宇,屋室为裈衣,诸君何为入我裈中?'"(卷下《任诞篇》)

这就是所谓晋人底风度。以我们现在的眼光看去,阮光禄之烧车,刘伶之放达,是觉得有些奇怪的,但在晋人却并不以为奇怪,因为那时所贵的是奇特的举动和玄妙的清谈。这种清谈,本从汉之清议而来。汉末政治黑暗,一般名士议论政事,其初在社会上很有势力,后来遭执政者之嫉视,渐渐被害,如孔融,祢衡等都被曹操设法害死[1],所以到了晋代底名士,就不敢再议论政事,而一变为专谈玄理;清议而不谈政事,这就成了所谓清谈了。但这种清谈的名士,当时在社会上却仍旧很有势力,若不能玄谈的,好似不够名士底资格;而《世说》这部书,差不多就可以看做一部名士底教科书。

前乎《世说》尚有《语林》,《郭子》,不过现在都没有了。而《世说》乃是纂辑自后汉至东晋底旧文而成的。后来有刘孝标给《世说》作注,注中所引的古书多至四百余种,而今又不多存在了;所以后人对于《世说》看得更贵重,到现在还很通行。

此外还有一种魏邯郸淳做的《笑林》,也比《世说》早。它的文章,较《世说》质朴些,现在也没有了,不过在唐宋人的类书上所引的遗文,还可以看见一点,我现在把它也举一条出来:

"甲父母在,出学三年而归,舅氏问其学何所得,并序别父久。乃答曰:'渭阳之思,过于秦康。'(秦康父母已死)既而父数之,'尔学奚益。'答曰:'少失过庭之训,故学无益。'"(《广记》二百六十二)

就此可知《笑林》中所说,大概不外俳谐之谈。

上举《笑林》,《世说》两种书,到后来都没有什么发达,因为只有模仿,没有发展。如社会上最通行的《笑林广记》,当然是《笑林》的支派,但是《笑林》所说的多是知识上的滑稽;而到了《笑林广记》[2],则落于形体上的滑稽,专以鄙言就形体上谑人,涉于轻薄,所以滑稽的趣味,就降低多了。至于《世说》,后来模仿的更多,从刘孝标的《续世说》——见《唐志》——一直到清之王晫所做的《今世说》,现在易宗夔所做的《新世说》等,都是仿《世说》的书。但是晋朝和现代社会底情状,完全不同,到今日还模仿那时底小说，是很可笑的。因为我们知道从汉末到六朝为篡夺时代，四海骚然，人多抱厌世主义；加以佛道二教盛行一时，皆讲超脱现世，晋人先受其影响，于是有一派人去修仙，想飞升，所以喜服药；有一派人欲永游醉乡，不问世事，所以好饮酒。服药者——晋人所服之药，我们知道的有五石散，是用五种石料做的，其性燥烈——身上常发炎，适于穿旧衣——因新衣容易擦坏皮肤——又常不洗，虱子生得极多，所以说："扪虱而谈。"饮酒者，放浪形骸之外，醉生梦死。——这就是晋时社会底情状。而生在现代底人，生活情形完全不同了，却要去模仿那时社会背景所产生的小说，岂非笑话？

我在上面说过：六朝人并非有意作小说，因为他们看鬼事和人事，是一样的，统当作事实；所以《旧唐书》《艺文志》，把那种志怪的书，并不放在小说里，而归入历史的传记一类，一直到了宋欧阳修才把它归到小说里。可是志人底一部，在六朝时看得比志怪底一部更重要，因为这和成名很有关系；像当时乡间学者想要成名，他们必须去找名士，这在晋朝，就得去拜访王导，谢安一流人物，正所谓"一登龙门，则身价十倍"。但要和这流名士谈话，必须要能够合他们的脾胃，而要合他们的脾胃，则非看《世说》，《语林》这一类的书不可。例如：当时阮宣子见太尉王夷甫[3]，夷甫问老庄之异同，宣子答说："将毋同。"夷甫就非常佩服他，给他官做，即世所谓"三语掾"。但"将毋同"三字，究竟怎样讲？有人说是"殆不同"的意思；有人说是"岂不同"的意思——总之是一种两可、飘渺恍惚之谈罢了。要学这一种飘渺之谈,就非看《世说》不可。

* * *

〔1〕 孔融(153—208) 字文举,东汉末鲁国(今山东曲阜)人。曾任北海相,后因反对曹操,为曹操所杀。祢衡(173—198),字正平,东汉末平原般(今山东临邑)人。因反对曹操被送至刘表处,刘表又将他送至黄祖处,终为黄祖所杀。

〔2〕 《笑林广记》 清游戏主人辑。笑话集,四卷,分古艳、腐流、形体、闺风等十二类。

〔3〕 阮宣子(270—311) 名修,字宣子,西晋陈留尉氏(今属河南)人,曾官太子洗马。王夷甫(256—311),名衍,字夷甫,西晋琅琊临沂(今属山东)人,官至尚书令、司空、太尉。

第三讲　唐之传奇文

小说到了唐时,却起了一个大变迁。我前次说过:六朝时之志怪与志人底文章,都很简短,而且当作记事实;及到唐时,则为有意识的作小说,这在小说史上可算是一大进步。而且文章很长,并能描写得曲折,和前之简古的文体,大不相同了,这在文体上也算是一大进步。但那时作古文底人,见了很不满意,叫它做"传奇体"。"传奇"二字,当时实是訾贬的意思,并非现代人意中的所谓"传奇"。可是这种传奇小说,现在多没有了,只有宋初底《太平广记》——这书可算是小说的大类书,是搜集六朝以至宋初底小说而成的——我们于其中还可以看见唐时传奇小说底大概:唐之初年,有王度做的《古镜记》,是自述得一神镜底异事,文章虽很长,但仅缀许多异事而成,还不脱六朝志怪底流风。此外又有无名氏做的《白猿传》,说的是梁将欧阳纥至长乐,深入溪洞,其妻为白猿掠去,后来得救回去,生一子,"厥状肖焉"。纥后为陈武帝所杀,他的儿子欧阳询,在唐初很有名望,而貌像猕猴,忌者因作此传;后来假小说以攻击人的风气,可见那时也就流行了。

到了武则天时,有张鷟做的《游仙窟》,是自叙他从长安走河湟去,在路上天晚,投宿一家,这家有两个女人,叫十娘,五嫂,和他饮酒作乐等情。事实不很繁复,而是用骈体文做的。这种以骈体做小说,是从前所没有的,所以也可以算一种特别的作品。到后来清之陈球所做的《燕山外史》,是骈体的,而作者自以为用骈体做小说是由他别开生面的,殊不知实已开端于张鷟了。但《游仙窟》中国久已佚失;惟在日本,现尚留存,因为张鷟在当时很有文名,外国人到中国来,每以重金买他的文章,这或者还是那时带去的一种。其实他的文章很是佻巧,也不见得好,不过笔调活泼些罢了。

唐至开元,天宝以后,作者蔚起,和以前大不同了。从前看不起小说的,此时也来做小说了,这是和当时底环境有关系的,因为唐时考试的时候,甚重所谓"行卷";就是举子初到京,先把自己得意的诗钞成卷子,拿去拜谒当时的名人,若得称赞,则"声价十倍",后来便有及第的希望,所以行卷在当时看得很重要。到开元,天宝以后,渐渐对于诗,有些厌气了,于是就有人把小说也放在行卷里去,而且竟也可以得名。所以从前不满意小说的,到此时也多做起小说来,因之传奇小说,就盛极一时了。大历中,先有沈既济做的《枕中记》——这书在社会上很普通,差不多没有人不知道的——内容大略说:有个卢生,行邯郸道中,自叹失意,乃遇吕翁,给他一个枕头,生睡去,就梦娶清河崔氏;——清河崔属大姓,所以得娶清河崔氏,也是极荣耀的。——并由举进士,一直升官到尚书兼御史大夫。后为时宰所忌,害他贬到端州。过数年,又追他为中书令,封燕国公。后来衰老有病,呻吟床次,至气断而死。梦中死去,他便醒来,却尚不到煮熟一锅饭的时候。——这是劝人不要躁进,把功名富贵,看淡些的意思。到后来明人汤显祖做的《邯郸记》,清人蒲松龄所做《聊斋》中的《续黄粱》,都是本这《枕中记》的。

此外还有一个名人叫陈鸿的,他和他的朋友白居易经过安史之乱以后,杨贵妃死了,美人已入黄土,凭吊古事,不胜伤情,于是白居易作了《长恨歌》;而他便做了《长恨歌传》。此传影响到后来,有清人洪昇所做的《长生殿》传奇,是根据它的。当时还有一个著名的,是白居易之弟白行简,做了一篇《李娃传》,说的是:荥阳巨族之子,到长安来,溺于声色,贫病困顿,竟流落为挽郎。——挽郎是人家出殡时,挽棺材者,并须唱挽歌。——后为李娃所救,并勉他读书,遂得擢第,官至参军。行简的文章本好,叙李娃的情节,又很是缠绵可观。此篇对于后来的小说[1],也很有影响,如元人的《曲江池》,明人薛近兖的《绣襦记》,都是以它为本的。

再唐人底小说,不甚讲鬼怪,间或有之,也不过点缀点缀而已。但也有一部分短篇集,仍多讲鬼怪的事情,这还是受了六朝人底影响,如牛僧孺的《玄怪录》,段成式的《酉阳杂俎》,李复言的《续玄怪录》,张读的《宣室志》,苏鹗的《杜阳杂编》,裴铏的《传奇》等,都是的。然而毕竟是唐人做的,所以较六朝人做的曲折美妙得多了。

唐之传奇作者,除上述以外,于后来影响最大而特可注意者,又有二人:其一著作不多,而影响很大,又很著名者,便是元

微之;其一著作多,影响也很大,而后来不甚著名者,便是李公佐。现在我把他两人分开来说一说:

一、元微之的著作　元微之名稹,是诗人,与白居易齐名。他做的小说,只有一篇《莺莺传》,是讲张生与莺莺之事,这大概大家都是知道的,我可不必细说。微之的诗文,本是非常有名的,但这篇传奇,却并不怎样杰出,况且其篇末叙张生之弃绝莺莺,又说什么"……德不足以胜妖,是用忍情"。文过饰非,差不多是一篇辩解文字。可是后来许多曲子,却都由此而出,如金人董解元的《弦索西厢》,——现在的《西厢》,是扮演;而此则弹唱——元人王实甫的《西厢记》,关汉卿的《续西厢记》,明人李日华的《南西厢记》,陆采的《南西厢记》,……等等,非常之多,全导源于这一篇《莺莺传》。但和《莺莺传》原本所叙的事情,又略有不同,就是:叙张生和莺莺到后来终于团圆了。这因为中国人底心理,是很喜欢团圆的,所以必至于如此,大概人生现实底缺陷,中国人也很知道,但不愿意说出来;因为一说出来,就要发生"怎样补救这缺点"的问题,或者免不了要烦闷,要改良,事情就麻烦了。而中国人不大喜欢麻烦和烦闷,现在倘在小说里叙了人生底缺陷,便要使读者感着不快。所以凡是历史上不团圆的,在小说里往往给他团圆;没有报应的,给他报应,互相骗骗。——这实在是关于国民性底问题。

二、李公佐的著作　李公佐向来很少人知道,他做的小说很多,现在只存有四种:(一)《南柯太守传》:此传最有名,是叙东平淳于棼的宅南,有一棵大槐树,有一天棼因醉卧东庑下,梦见两个穿紫色衣服的人,来请他到了大槐安国,招了驸马,出为南柯太守;因有政绩,又累升大官。后领兵与檀萝国战争,被打败,而公主又死了,于是仍送他回来。及醒来则刹那之梦,如度一世;而去看大槐树,则有一蚂蚁洞,蚂蚁正出入乱走着,所谓大槐安国,南柯郡,就在此地。这篇立意,和《枕中记》差不多,但其结穴,余韵悠然,非《枕中记》所能及。后来明人汤显祖作《南柯记》,也就是从这传演出来的。(二)《谢小娥传》:此篇叙谢小娥的父亲,和她的丈夫,皆往来江湖间,做买卖,为盗所杀。小娥梦父告以仇人为"車中猴東門草";又梦夫告以仇人为"禾中走一日夫";人多不能解,后来李公佐乃为之解说:"車中猴,東門草"是"申蘭"二字;"禾中走,一日夫"是"申春"二字。后果然因之得盗。这虽是解谜获贼,无大理致,但其思想影响于后来之小说者甚大:如李复言演其文入《续玄怪录》,题曰《妙寂尼》,明人则本之作平话。他若《包公案》中所叙,亦多有类此者。(三)《李汤》:此篇叙的是楚州刺史李汤,闻渔人见龟山下,水中有大铁锁,以人,牛之力拉出,则风涛大作;并有一像猿猴之怪兽,雪牙金爪,闯上岸来,观者奔走,怪兽仍拉铁锁入水,不再出来。李公佐为之解说:怪兽是淮涡水神无支祁。"力逾九象,搏击腾踔疾奔,轻利倏忽。"大禹使庚辰制之,颈锁大索,徙到淮阴的龟山下,使淮水得以安流。这篇影响也很大,我以为《西游记》中的孙悟空正类无支祁。但北大教授胡适之先生则以为是由印度传来的；俄国人钢和泰教授也曾说印度也有这样的故事。[2]可是由我看去：1. 作《西游记》的人，并未看过佛经；2. 中国所译的印度经论中，没有和这相类的话；3. 作者——吴承恩——熟于唐人小说，《西游记》中受唐人小说的影响的地方很不少。所以我还以为孙悟空是袭取无支祁的。但胡适之先生仿佛并以为李公佐就受了印度传说的影响，这是我现在还不能说然否的话。

（四）《庐江冯媪》：此篇叙事很简单，文章也不大好，我们现在可以不讲它。

唐人小说中的事情，后来都移到曲子里。如"红线"，"红拂"，"虬髯"[3]……等，皆出于唐之传奇，因此间接传遍了社会，现在的人还知道。至于传奇本身，则到唐亡就随之而绝了。

*　　　*　　　*

〔1〕 此处"小说"应为"戏曲"。

〔2〕 胡适在其《西游记考证》中说："我总疑心这个神通广大的猴子不是国货，乃是一件从印度进口的。也许连无支祁的神话也是受了印度影响而仿造的。"又说："我依着钢和泰博士的指引，在印度最古的记事诗《拉麻传》里寻得一个哈奴曼，大概可以算是齐天大圣的背影了"（见《胡适文存》二集）。钢和泰，沙俄时代贵族，十月革命后曾来中国，在北京大学教古印度宗教学和梵文。

〔3〕 "红线" 明梁辰鱼曾作杂剧《红线女》。"红拂"，明张凤翼曾作传奇《红拂记》。"虬髯"，明凌濛初曾作杂剧《虬髯翁》。

第四讲　宋人之"说话"及其影响

　　上次讲过：传奇小说，到唐亡时就绝了。至宋朝，虽然也有作传奇的，但就大不相同。因为唐人大抵描写时事；而宋人则极多讲古事。唐人小说少教训；而宋则多教训。大概唐时讲话自由些，虽写时事，不至于得祸；而宋时则讳忌渐多，所以文人便设法回避，去讲古事。加以宋时理学极盛一时，因之把小说也多理学化了，以为小说非含有教训，便不足道。但文艺之所以为文艺，并不贵在教训，若把小说变成修身教科书，还说什么文艺。宋人虽然还作传奇，而我说传奇是绝了，也就是这意思。然宋之士大夫，对于小说之功劳，乃在编《太平广记》一书。此书是搜集自汉至宋初的琐语小说，共五百卷，亦可谓集小说之大成。不过这也并非他们自动的，乃是政府召集他们做的。因为在宋初，天下统一，国内太平，因招海内名士，厚其廩饩，使他们修书，当时成就了《文苑英华》，《太平御览》和《太平广记》。此在政府的目的，不过利用这事业，收养名人，以图减其对于政治上之反动而已，固未尝有意于文艺；但在无意中，却替我们留下了古小说的林薮来。至于创作一方面，则宋之士大夫实在并没有什么贡献。但其时社会上却另有一种平民底小说，代之而兴了。这类作品，不但体裁不同，文章上也起了改革，用的是白话，所以实在是小说史上的一大变迁。因为当时一般士大夫，虽然都讲理学，鄙视小说，而一般人民，是仍要娱乐的；平民的小说之起来，正是无足怪讶的事。

宋建都于汴，民物康阜，游乐之事，因之很多，市井间有种杂剧，这种杂剧中包有所谓"说话"。"说话"分四科：一、讲史；二、说经诨经；三、小说；四、合生。"讲史"是讲历史上底事情，及名人传记等；就是后来历史小说之起源。"说经诨经"，是以俗话演说佛经的。"小说"是简短的说话。"合生"，是先念含混的两句诗，随后再念几句，才能懂得意思，大概是讽刺时人的。这四科后来于小说有关系的，只是"讲史"和"小说"。那时操这种职业的人，叫做"说话人"；而且他们也有组织的团体，叫做"雄辩社"。他们也编有一种书，以作说话时之凭依，发挥，这书名叫"话本"。南宋初年，这种话本还流行，到宋亡，而元人入中国时，则杂剧消歇，话本也不通行了。至明朝，虽也还有说话人，——如柳敬亭就是当时很有名的说话人——但已不是宋人底面目；而且他们已不属于杂剧，也没有什么组织了。到现在，我们几乎已经不能知道宋时的话本究竟怎样。——幸而现在翻刻了几种书，可以当作标本看。

一种是《五代史平话》，是可以作讲史看的。讲史的体例，大概是从开天辟地讲起，一直到了要讲的朝代。《五代史平话》也是如此；它的文章，是各以诗起，次入正文，又以诗结，总是一段一段的有诗为证。但其病在于虚事铺排多，而于史事发挥少。至于诗，我以为大约是受了唐人底影响：因为唐时很重诗，能诗者就是清品;而说话人想仰攀他们,所以话本中每多诗词,而且一直到现在许多人所做的小说中也还没有改。再若后来历史小说中每回的结尾上,总有"不知后事如何?且听下回分解"的话,我以为大概也起于说话人,因为说话必希望人们下次再来听,所以必得用一个惊心动魄的未了事拉住他们。至于现在的章回小说还来模仿它,那可只是一个遗迹罢了,正如我们腹中的盲肠一样,毫无用处。一种是《京本通俗小说》,已经不全了,还存十多篇。在"说话"中之所谓小说,并不像现在所谓的广义的小说,乃是讲的很短,而且多用时事的。起首先说一个冒头,或用诗词,或仍用故事,名叫"得胜头回"——"头回"是前回之意;"得胜"是吉利语。——以后才入本文,但也并不冗长,长短和冒头差不多,在短时间内就完结。可见宋代说话中的所谓小说,即是"短篇小说"的意思,《京本通俗小说》虽不全,却足够可以看见那类小说底大概了。

除上述两种之外,还有一种《大宋宣和遗事》,首尾皆有诗,中间杂些俚句,近于"讲史"而非口谈;好似"小说"而不简洁;惟其中已叙及梁山泊的事情,就是《水浒》之先声,是大可注意的事。还有现在新发现的一部书,叫《大唐三藏法师取经诗话》,——此书中国早没有了,是从日本拿回来的——这所谓"诗话",又不是现在人所说的诗话,乃是有诗,有话;换句话说:也是注重"有诗为证"的一类小说的别名。这《大唐三藏法师取经诗话》,虽然是《西游记》的先声,但又颇不同:例如"盗人参果"一事,在《西游记》上是孙悟空要盗,而唐僧不许;在《取经诗话》里是仙桃,孙悟空不盗,而唐僧使命去盗。——这与其说时代,倒不如说是作者思想之不同处。因为《西游记》之作者是士大夫,而《取经诗话》之作者是市人。士大夫论人极严,以为唐僧岂应盗人参果,所以必须将这事推到猴子身上去;而市人评论人则较为宽恕,以为唐僧盗几个区区仙桃有何要紧,便不再经心作意地替他隐瞒,竟放笔写上去了。

总之,宋人之"说话"的影响是非常之大,后来的小说,十分之九是本于话本的。如一、后之小说如《今古奇观》等片段的叙述,即仿宋之"小说"。二、后之章回小说如《三国志演义》等长篇的叙述,皆本于"讲史"。其中讲史之影响更大,并且从明清到现在,"二十四史"都演完了。作家之中,又出了一个著名人物,就是罗贯中。

罗贯中名本,钱唐人,大约生活在元末明初。他做的小说很多,可惜现在只剩了四种。而此四种又多经后人乱改,已非本来面目了。——因为中国人向来以小说为无足轻重,不似经书,所以多喜欢随便改动它——至于贯中生平之事迹,我们现在也无从而知;有的说他因为做了水浒,他的子孙三代都是哑巴,那可也是一种谣言。贯中的四种小说,就是:一、《三国演义》;二、《水浒传》;三、《隋唐志传》;四、《北宋三遂平妖传》。《北宋三遂平妖传》,是记贝州王则借妖术作乱的事情,平他的有三个人,其名字皆有一"遂"字,所以称"三遂平妖"。《隋唐志传》,

是叙自隋禅位,以至唐明皇的事情。——这两种书的构造和文章都不甚好,在社会上也不盛行;最盛行,而且最有势力的,是《三国演义》和《水浒传》。

一、《三国演义》讲三国底事情的,也并不自罗贯中起始,宋时里巷中说古话者,有"说三分",就讲的是三国故事。苏东坡也说:"王彭尝云:'途巷中小儿,……坐听说古话,至说三国事,闻刘玄德败,频蹙眉,有出涕者;闻曹操败,即喜唱快。以是知君子小人之泽,百世不斩。'"可见在罗贯中以前,就有《三国演义》这一类的书了。因为三国底事情,不像五代那样纷乱;又不像楚汉那样简单;恰是不简不繁,适于作小说。而且三国时底英雄,智术武勇,非常动人,所以人都喜欢取来做小说底材料。再有裴松之注《三国志》,甚为详细,也足以引起人之注意三国的事情。至罗贯中之《三国演义》是否出于创作,还是继承,现在固不敢草草断定;但明嘉靖时本题有"晋平阳侯陈寿史传,明罗本编次"之说,则可见是直接以陈寿的《三国志》为蓝本的。但是现在的《三国演义》却已多经后人改易,不是本来面目了。若论其书之优劣,则论者以为其缺点有三:(一)容易招人误会。因为中间所叙的事情,有七分是实的,三分是虚的;惟其实多虚少,所以人们或不免并信虚者为真。如王渔洋是有名的诗人,也是学者,而他有一个诗的题目叫"落凤坡吊庞士元"[1],这"落凤坡"只有《三国演义》上有,别无根据,王渔洋却被它闹昏了。(二)描写过实。写好的人,简直一点坏处都没有;而写不好的人,又是一点好处都没有。其实这在事实上是不对的,因为一个人不能事事全好,也不能事事全坏。譬如曹操他在政治上也有他的好处;而刘备,关羽等,也不能说毫无可议,但是作者并不管它,只是任主观方面写去,往往成为出乎情理之外的人。(三)文章和主意不能符合——这就是说作者所表现的和作者所想像的,不能一致。如他要写曹操的奸,而结果倒好像是豪爽多智;要写孔明之智,而结果倒像狡猾。——然而究竟它有很好的地方,像写关云长斩华雄一节,真是有声有色;写华容道上放曹操一节,则义勇之气可掬,如见其人。后来做历史小说的很多,如《开辟演义》,《东西汉演义》,《东西晋演义》,《前后唐演义》,《南北宋演义》,《清史演义》……都没有一种跟得住《三国演义》。所以人都喜欢看它;将来也仍旧能保持其相当价值的。

二、《水浒传》 《水浒传》是叙宋江等的事情,也不自罗贯中起始;因为宋江是实有其人的,为盗亦是事实,关于他的事情,从南宋以来就成社会上的传说。宋元间有高如,李嵩等,即以水浒故事作小说;宋遗民龚圣与又作《宋江三十六人赞》;又《宣和遗事》上也有讲"宋江擒方腊有功,封节度使"等说话,可见这种故事,早已传播人口,或早有种种简略的书本,也未可知。到后来,罗贯中荟萃诸说或小本《水浒》故事,而取舍之,便成了大部的《水浒传》。但原本之《水浒传》,现在已不可得,所通行的《水浒传》有两类:一类是七十回的;一类是多于七十回的。多于七十回的一类是先叙洪太尉误走妖魔,而次以百八人渐聚梁山泊,打家劫舍，后来受招安，用以破辽，平田虎，王庆，擒方腊，立了大功。最后朝廷疑忌，宋江服毒而死，终成神明。其中招安之说，乃是宋末到元初的思想，因为当时社会扰乱，官兵压制平民，民之和平者忍受之，不和平者便分离而为盗。盗一面与官兵抗，官兵不胜，一面则掳掠人民，民间自然亦时受其骚扰；但一到外寇进来，官兵又不能抵抗的时候，人民因为仇视外族，便想用较胜于官兵的盗来抵抗他，所以盗又为当时所称道了。至于宋江服毒的一层，乃明初加入的，明太祖统一天下之后，疑忌功臣，横行杀戮，善终的很不多，人民为对于被害之功臣表同情起见，就加上宋江服毒成神之事去。——这也就是事实上缺陷者，小说使他团圆的老例。

《水浒传》有许多人以为是施耐庵做的。因为多于七十回的《水浒传》就有繁的和简的两类，其中一类繁本的作者，题着施耐庵。然而这施耐庵恐怕倒是后来演为繁本者的托名，其实生在罗贯中之后。后人看见繁本题耐庵作，以为简本倒是节本，便将耐庵看作更古的人，排在贯中以前去了。到清初，金圣叹又说《水浒传》到"招安"为止是好的，以后便很坏；又自称得着古本，定"招安"为止是耐庵作，以后是罗贯中所续，加以痛骂。于是他把"招安"以后都删了去，只存下前七十回——这便是现在的通行本。他大概并没有什么古本，只是凭了自己的意见删去的，古本云云，无非是一种"托古"的手段罢了。但文章之前后有些参差，却确如圣叹所说，然而我在前边说过：《水浒传》是集合许多口传，或小本《水浒》故事而成的，所以当然有不能一律处。况且描写事业成功以后的文章，要比描写正做强盗时难些，一大部书，结末不振，是多有的事，也不能就此便断定是罗贯中所续作。至于金圣叹为什么要删"招安"以后的文章呢？这大概也就是受了当时社会环境底影响。胡适之先生说："圣叹生于流贼遍天下的时代，眼见张献忠，李自成一般强盗流毒全国，故他觉强盗是不应该提倡的，是应该口诛笔伐的。"这话很是。就是圣叹以为用强盗来平外寇，是靠不住的，所以他不愿听宋江立功的谣言。

但到明亡之后，外族势力全盛了，几个遗民抱亡国之痛，便把流寇之痛苦忘却，又与强盗表起同情来。如明遗民陈忱，就托名雁宕山樵作了一部《后水浒传》。他说：宋江死了以后，余下的同志，尚为宋御金，后无功，李俊率众浮海到暹罗做了国王。——这就是因为国家为外族所据，转而与强盗又表同情的意思。可是到后来事过情迁，连种族之感都又忘掉了，于是道光年间就有俞万春作《结水浒传》，说山寇宋江等，一个个皆为官兵所杀。他的文章，是漂亮的，描写也不坏，但思想实在未免煞风景。

*　　*　　*

〔1〕"落凤坡吊庞士元"　诗见王士禛《渔洋山人精华录》卷十二："沔上风流万古存，鱼梁洲畔向江村。何如但作鸿冥好，采药相携去鹿门。"

第五讲　明小说之两大主潮

　　上次已将宋之小说，讲了个大概。元呢，它的词曲很发达，而小说方面，却没有什么可说。现在我们就讲到明朝的小说去。明之中叶，即嘉靖前后，小说出现的很多，其中有两大主潮：一、讲神魔之争的；二、讲世情的。现在再将它分开来讲：

　　一、讲神魔之争的　　此思潮之起来，也受了当时宗教，方士之影响的。宋宣和时，即非常崇奉道流；元则佛道并奉，方士的势力也不小；至明，本来是衰下去的了，但到成化时，又抬起头来，其时有方士李孜，释家继晓，正德时又有色目人于永，都以方技杂流拜官，因之妖妄之说日盛，而影响及于文章。况且历来三教之争，都无解决，大抵是互相调和，互相容受，终于名为"同源"而后已。凡有新派进来，虽然彼此目为外道，生些纷争，但一到认为同源，即无歧视之意，须俟后来另有别派，它们三家才又自称正道，再来攻击这非同源的异端。当时的思想，是极模糊的，在小说中所写的邪正，并非儒和佛，或道和佛，或儒道释和白莲教，单不过是含胡的彼此之争，我就总括起来给他们一个名目，叫做神魔小说。此种主潮，可作代表者，有三部小说：（一）《西游记》；（二）《封神传》；（三）《三宝太监西洋记》。

　　（一）《西游记》　《西游记》世人多以为是元朝的道士邱长春做的，其实不然。邱长春自己另有《西游记》三卷，是纪行，今尚存《道藏》中；惟因书名一样，人们遂误以为是一种。加以清初刻《西游记》小说者，又取虞集所作的《长春真人西游记序》冠其首，人更信这《西游记》是邱长春所做的了。——实则做这《西游记》者，乃是江苏山阳人吴承恩。此见于明时所修的《淮安府志》；但到清代修志却又把这记载删去了。《西游记》现在所见的，是一百回，先叙孙悟空成道，次叙唐僧取经的由来，后经八十一难，终于回到东土。这部小说，也不是吴承恩所创作，因为《大唐三藏法师取经诗话》——在前边已经提及过——已说过猴行者，深河神[1]，及诸异境。元朝的杂剧也有用唐三藏西天取经做材料的著作。此外明时也别有一种简短的《西游记传》——由此可知玄奘西天取经一事，自唐末以至宋元已渐渐演成神异故事，且多作成简单的小说，而至明吴承恩，便将它们汇集起来，以成大部的《西游记》。承恩本善于滑稽，他讲妖怪的喜，怒，哀，乐，都近于人情，所以人都喜欢看！这是他的本领。而且叫人看了，无所容心，不像《三国演义》，见刘胜则喜，见曹胜则恨；因为《西游记》上所讲的都是妖怪，我们看了，但觉好玩，所谓忘怀得失，独存赏鉴了——这也是他的本领。至于说到这书的宗旨，则有人说是劝学；有人说是谈禅；有人说是讲道；议论很纷纷。但据我看来，实不过出于作者之游戏，只因为他受了三教同源的影响，所以释迦，老君，观音，真性，元神之类，无所不有，使无论什么教徒，皆可随宜附会而已。如果我们一定要问它的大旨，则我觉得明人谢肇淛所说的"《西游记》……以猿为心之神,以猪为意之驰,其始之放纵,上天下地,莫能禁制,而归于紧箍一咒,能使心猿驯伏,至死靡他,盖亦求放心之喻。"这几句话,已经很足以说尽了。后来有《后西游记》及《续西游记》等,都脱不了前书窠臼。至董说的《西游补》,则成了讽刺小说,与这类没有大关系了。

(二)《封神传》 《封神传》在社会上也很盛行,至为何人所作,我们无从而知。有人说:作者是一穷人,他把这书做成卖了,给他女儿作嫁资,但这不过是没有凭据的传说。它的思想,也就是受了三教同源的模糊的影响;所叙的是受辛进香女娲宫,题诗黩神,神因命三妖惑纣以助周。上边多说战争,神佛杂出,助周者为阐教;助殷者为截教。我以为这"阐"是明的意思,"阐教"就是正教;"截"是断的意思,"截教"或者就是佛教中所谓断见外道。——总之是受了三教同源的影响,以三教为神,以别教为魔罢了。

(三)《三宝太监西洋记》 《三宝太监西洋记》,是明万历间的书,现在少见;这书所叙的是永乐中太监郑和服外夷三十九国,使之朝贡的事情。书中说郑和到西洋去,是碧峰长老助他的,用法术降服外夷,收了全功。在这书中,虽然所说的是国与国之战,但中国近于神,而外夷却居于魔的地位,所以仍然是神魔小说之流。不过此书之作,则也与当时的环境有关系,因为郑和之在明代,名声赫然,为世人所乐道;而嘉靖以后,东南方面,倭寇猖獗,民间伤今之弱,于是便感昔之盛,做了这一部书。但不思将帅，而思太监，不恃兵力，而恃法术者，乃是一则为传统思想所囿；一则明朝的太监的确常做监军，权力非常之大。这种用法术打外国的思想，流传下来一直到清朝，信以为真，就有义和团实验了一次。

二、讲世情的 当神魔小说盛行的时候，讲世情的小说，也就起来了，其原因，当然也离不开那时的社会状态，而且有一类，还与神魔小说一样，和方士是有很大的关系的。这种小说，大概都叙述些风流放纵的事情，间于悲欢离合之中，写炎凉的世态。其最著名的，是《金瓶梅》，书中所叙，是借《水浒传》中之西门庆做主人，写他一家的事迹。西门庆原有一妻三妾，后复爱潘金莲，酖其夫武大，纳她为妾；又通金莲婢春梅；复私了李瓶儿，也纳为妾了。后来李瓶儿，西门庆皆先死，潘金莲又为武松所杀，春梅也因淫纵暴亡。至金兵到清河时，庆妻携其遗腹子孝哥，欲到济南去，路上遇着普净和尚，引至永福寺，以佛法感化孝哥，终于使他出了家，改名明悟。因为这书中的潘金莲，李瓶儿，春梅，都是重要人物，所以书名就叫《金瓶梅》。明人小说之讲秽行者，人物每有所指，是借文字来报夙仇的，像这部《金瓶梅》中所说的西门庆，是一个绅士，大约也不外作者的仇家，但究属何人，现在无可考了。至于作者是谁，我们现在也还未知道。有人说：这是王世贞为父报仇而做的，因为他的父亲王忬为严嵩所害，而严嵩之子世蕃又势盛一时，凡有不利于严嵩的奏章，无不受其压抑，不使上闻。王世贞探得世蕃爱看小说，便作了这部书，使他得沉湎其中，无暇他顾，而参严嵩的奏章，得以上去了。所以清初的翻刻本上，就有《苦孝说》冠其首。但这不过是一种推测之辞，不足信据。《金瓶梅》的文章做得尚好，而王世贞在当时最有文名，所以世人遂把作者之名嫁给他了。后人之主张此说，并且以《苦孝说》冠其首，也无非是想减轻社会上的攻击的手段，并不是确有什么王世贞所作的凭据。

此外叙放纵之事，更甚于《金瓶梅》者，为《玉娇李》。但此书到清朝已经佚失，偶有见者，也不是原本了。还有一种山东诸城人丁耀亢所做的《续金瓶梅》，和前书颇不同，乃是对于《金瓶梅》的因果报应之说，就是武大后世变成淫夫，潘金莲也变为河间妇，终受极刑；西门庆则变成一个骏憨男子，只坐视着妻妾外遇。[2]——以见轮回是不爽的。从此以后世情小说，就明明白白的，一变而为说报应之书——成为劝善的书了。这样的讲到后世的事情的小说，如果推演开去，三世四世，可以永远做不完工，实在是一种奇怪而有趣的做法。但这在古代的印度却是曾经有过的，如《鸯堀摩罗经》[3]就是一例。

如上所讲，世情小说在一方面既有这样的大讲因果的变迁，在他方面也起了别一种反动。那是讲所谓"温柔敦厚"的，可以用《平山冷燕》，《好逑传》，《玉娇梨》来做代表。不过这类的书名字，仍多袭用《金瓶梅》式，往往摘取书中人物的姓名来做书名；但内容却不是淫夫荡妇，而变了才子佳人了。所谓才子者，大抵能作些诗，才子和佳人之遇合，就每每以题诗为媒介。这似乎是很有悖于"父母之命,媒妁之言"的婚姻,对于旧习惯是有些反对的意思的,但到团圆的时节,又常是奉旨成婚,我们就知道作者是寻到了更大的帽子了。那些书的文章也没有一部好,而在外国却很有名。一则因为《玉娇梨》,《平山冷燕》,有法文译本;《好逑传》有德,法文译本,所以研究中国文学的人们都知道,给中国做文学史就大概提起它;二则因为若在一夫一妻制的国度里,一个以上的佳人共爱一个才子便要发生极大的纠纷,而在这些小说里却毫无问题,一下子便都结了婚了,从他们看起来,实在有些新奇而且有趣。

*　　　*　　　*

〔1〕　深河神　据《大唐三藏取经诗话》应作"深沙神"。

〔2〕　这是《玉娇李》的情节,参看《中国小说史略》第十九篇。

〔3〕　《鸯崛摩罗经》　四卷,南朝宋求那跋陀罗译。属大乘部,叙述佛济度鸯崛摩罗的故事。

第六讲 清小说之四派及其末流

　　清代底小说之种类及其变化,比明朝比较的多,但因为时间关系,我现在只可分作四派来说一个大概。这四派便是:一、拟古派;二、讽刺派;三、人情派;四、侠义派。

　　一、拟古派　所谓拟古者,是指拟六朝之志怪,或拟唐朝之传奇者而言。唐人底小说单本,到明时什九散亡了,偶有看见模仿的,世间就觉得新异。元末明初,先有钱唐瞿佑仿了唐人传奇,作《剪灯新话》,文章虽没有力,而用些艳语来描画闺情,所以特为时流所喜,仿效者很多,直到被朝廷禁止,这风气才渐渐的衰歇。但到了嘉靖间,唐人底传奇小说盛行起来了,从此模仿者又在在皆是,文人大抵喜欢做几篇传奇体的文章;其专做小说,合为一集的,则《聊斋志异》最有名。《聊斋志异》是山东淄川人蒲松龄做的。有人说他作书以前,天天在门口设备茗烟,请过路底人讲说故事,作为著作的材料;但是多由他的朋友那里听来的,有许多是从古书尤其是从唐人传奇变化而来的——如《凤阳士人》,《续黄粱》等就是——所以列他于拟古。书中所叙,多是神仙,狐鬼,精魅等故事,和当时所出同类的书差不多,但其优点在:(一)描写详细而委曲,用笔变幻而熟达。(二)说妖鬼多具人情,通世故,使人觉得可亲,并不觉得很可怕。不过用古典太多,使一般人不容易看下去。

《聊斋志异》出来之后，风行约一百年，这其间模仿和赞颂它的非常之多。但到了乾隆末年，有直隶献县人纪昀出来和他反对了，纪昀说《聊斋志异》之缺点有二：（一）体例太杂。就是说一个人的一个作品中，不当有两代的文章的体例，这是因为《聊斋志异》中有长的文章是仿唐人传奇的，而又有些短的文章却像六朝的志怪。（二）描写太详。这是说他的作品是述他人的事迹的，而每每过于曲尽细微，非自己不能知道，其中有许多事，本人未必肯说，作者何从知之？纪昀为避此两缺点起见，所以他所做的《阅微草堂笔记》就完全模仿六朝，尚质黜华，叙述简古，力避唐人的做法。其材料大抵自造，多借狐鬼的话，以攻击社会。据我看来，他自己是不信狐鬼的，不过他以为对于一般愚民，却不得不以神道设教。但他很有可以佩服的地方：他生在乾隆间法纪最严的时代，竟敢借文章以攻击社会上不通的礼法，荒谬的习俗，以当时的眼光看去，真算得很有魄力的一个人。可是到了末流，不能了解他攻击社会的精神，而只是学他的以神道设教一面的意思，于是这派小说差不多又变成劝善书了。

拟古派的作品，自从以上二书出来以后，大家都学它们；一直到了现在，即如上海就还有一群所谓文人在那里模仿它。可是并没有什么好成绩，学到的大抵是糟粕，所以拟古派也已经被踏死在它的信徒的脚下了。

二、讽刺派　小说中寓讥讽者，晋唐已有，而在明之人情小说为尤多。在清朝，讽刺小说反少有，有名而几乎是唯一的作品,就是《儒林外史》。《儒林外史》是安徽全椒人吴敬梓做的。敬梓多所见闻,又工于表现,故凡所有叙述,皆能在纸上见其声态;而写儒者之奇形怪状,为独多而独详。当时距明亡没有百年,明季底遗风,尚留存于士流中,八股而外,一无所知,也一无所事。敬梓身为士人,熟悉其中情形,故其暴露丑态,就能格外详细。其书虽是断片的叙述,没有线索,但其变化多而趣味浓,在中国历来作讽刺小说者,再没有比他更好的了。一直到了清末,外交失败,社会上的人们觉得自己的国势不振了,极想知其所以然,小说家也想寻出原因的所在;于是就有李宝嘉归罪于官场,用了南亭亭长的假名字,做了一部《官场现形记》。这部书在清末很盛行,但文章比《儒林外史》差得多了;而且作者对于官场的情形也并不很透彻,所以往往有失实的地方。嗣后又有广东南海人吴沃尧归罪于社会上旧道德的消灭,也用了我佛山人的假名字,做了一部《二十年目睹之怪现状》。这部书也很盛行,但他描写社会的黑暗面,常常张大其词,又不能穿入隐微,但照例的慷慨激昂,正和南亭亭长有同样的缺点。这两种书都用断片凑成,没有什么线索和主角,是同《儒林外史》差不多的,但艺术的手段,却差得远了;最容易看出来的就是《儒林外史》是讽刺,而那两种都近于漫骂。

讽刺小说是贵在旨微而语婉的,假如过甚其辞,就失了文艺上底价值,而它的末流都没有顾到这一点,所以讽刺小说从《儒林外史》而后,就可以谓之绝响。

三、人情派　此派小说,即可以著名的《红楼梦》做代表。《红楼梦》其初名《石头记》,共有八十回,在乾隆中年忽出现于北京。最初皆抄本,至乾隆五十七年,才有程伟元刻本,加多四十回,共一百二十回,改名叫《红楼梦》。据伟元说:乃是从旧家及鼓担上收集而成全部的。至其原本,则现在已少见,惟现有一石印本,也不知究是原本与否。《红楼梦》所叙为石头城中——未必是今之南京——贾府的事情。其主要者为荣国府的贾政生子宝玉,聪明过人,而绝爱异性;贾府中实亦多好女子,主从之外,亲戚也多,如黛玉,宝钗等,皆来寄寓,史湘云亦常来。而宝玉与黛玉爱最深;后来政为宝玉娶妇,却迎了宝钗,黛玉知道以后,吐血死了。宝玉亦郁郁不乐,悲叹成病。其后宁国府的贾赦革职查抄,累及荣府,于是家庭衰落,宝玉竟发了疯,后又忽而改行,中了举人。但不多时,忽又不知所往了。后贾政因葬母路过毗陵,见一人光头赤脚,向他下拜,细看就是宝玉;正欲问话,忽来一僧一道,拉之而去。追之无有,但见白茫茫一片荒野而已。

　　《红楼梦》的作者,大家都知道是曹雪芹,因为这是书上写着的。至于曹雪芹是何等样人,却少有人提起过;现经胡适之先生的考证,我们可以知道大概了。雪芹名霑,一字芹圃,是汉军旗人。他的祖父名寅,康熙中为江宁织造。清世祖南巡时,即以织造局为行宫。其父頫,亦为江宁织造。我们由此就知道作者在幼时实在是一个大世家的公子。他生在南京。十岁时,随父到了北京。此后中间不知因何变故,家道忽落。雪芹中年,竟至穷居北京之西郊，有时还不得饱食。可是他还纵酒赋诗，而《红楼梦》的创作，也就在这时候。可惜后来他因为儿子夭殇，悲恸过度，也竟死掉了——年四十余——《红楼梦》也未得做完，只有八十回。后来程伟元所刻的，增至一百二十回，虽说是从各处搜集的，但实则其友高鹗所续成，并不是原本。

对于书中所叙的意思，推测之说也很多。举其较为重要者而言：（一）是说记纳兰性德的家事，所谓金钗十二，就是性德所奉为上客的人们。这是因为性德是词人，是少年中举，他家后来也被查抄，和宝玉的情形相仿佛，所以猜想出来的。但是查抄一事，宝玉在生前，而性德则在死后，其他不同之点也很多，所以其实并不很像。（二）是说记顺治与董鄂妃的故事，而又以鄂妃为秦淮旧妓董小宛。清兵南下时，掠小宛到北京，因此有宠于清世祖，封为贵妃；后来小宛夭逝，清世祖非常哀痛，就出家到五台山做了和尚。《红楼梦》中宝玉也做和尚，就是分明影射这一段故事。但是董鄂妃是满洲人，并非就是董小宛，清兵下江南的时候，小宛已经二十八岁了；而顺治方十四岁，决不会有把小宛做妃的道理。所以这一说也不通的。（三）是说叙康熙朝政治底状态的；就是以为石头记是政治小说，书中本事，在吊明之亡，而揭清之失。如以"红"影"朱"字，以"石头"指"金陵"，以"贾"斥伪朝——即斥"清"，以金陵十二钗讥降清之名士。然此说未免近于穿凿，况且现在既知道作者既是汉军旗人，似乎不至于代汉人来抱亡国之痛的。（四）是说自叙；此说出来最早，而信者最少，现在可是多起来了。因为我们已知道雪芹自己的境遇，很和书中所叙相合。雪芹的祖父，父亲，都做过江宁织造，其家庭之豪华，实和贾府略同；雪芹幼时又是一个佳公子，有似于宝玉；而其后突然穷困，假定是被抄家或近于这一类事故所致，情理也可通——由此可知《红楼梦》一书，说是大部分为作者自叙，实是最为可信的一说。

至于说到《红楼梦》的价值，可是在中国底小说中实在是不可多得的。其要点在敢于如实描写，并无讳饰，和从前的小说叙好人完全是好，坏人完全是坏的，大不相同，所以其中所叙的人物，都是真的人物。总之自有《红楼梦》出来以后，传统的思想和写法都打破了。——它那文章的旖旎和缠绵，倒是还在其次的事。但是反对者却很多，以为将给青年以不好的影响。这就因为中国人看小说，不能用赏鉴的态度去欣赏它，却自己钻入书中，硬去充一个其中的脚色。所以青年看《红楼梦》，便以宝玉，黛玉自居；而年老人看去，又多占据了贾政管束宝玉的身分，满心是利害的打算，别的什么也看不见了。

《红楼梦》而后，续作极多：有《后红楼梦》，《续红楼梦》，《红楼后梦》，《红楼复梦》，《红楼补梦》，《红楼重梦》，《红楼幻梦》，《红楼圆梦》……大概是补其缺陷，结以团圆。直到道光年中，《红楼梦》才谈厌了。但要叙常人之家，则佳人又少，事故不多，于是便用了《红楼梦》的笔调，去写优伶和妓女之事情，场面又为之一变。这有《品花宝鉴》,《青楼梦》可作代表。《品花宝鉴》是专叙乾隆以来北京底优伶的。其中人物虽与《红楼梦》不同,而仍以缠绵为主;所描写的伶人与狎客,也和佳人与才子差不多。《青楼梦》全书都讲妓女,但情形并非写实的,而是作者的理想。他以为只有妓女是才子的知己,经过若干周折,便即团圆,也仍脱不了明末的佳人才子这一派。到光绪中年,又有《海上花列传》出现,虽然也写妓女,但不像《青楼梦》那样的理想,却以为妓女有好,有坏,较近于写实了。一到光绪末年,《九尾龟》[1]之类出,则所写的妓女都是坏人,狎客也像了无赖,与《海上花列传》又不同。这样,作者对于妓家的写法凡三变,先是溢美,中是近真,临末又溢恶,并且故意夸张,谩骂起来;有几种还是诬蔑,讹诈的器具。人情小说底末流至于如此,实在是很可以诧异的。

四、侠义派 侠义派底小说,可以用《三侠五义》做代表。这书的起源,本是茶馆中的说书,后来能文的人,把它写出来,就通行于社会了。当时底小说,有《红楼梦》等专讲柔情,《西游记》一派,又专讲妖怪,人们大概也很觉得厌气了,而《三侠五义》则别开生面,很是新奇,所以流行也就特别快,特别盛。当潘祖荫由北京回吴的时候,以此书示俞曲园,曲园很赞许,但嫌其太背于历史,乃为之改正第一回;又因书中的北侠,南侠,双侠,实已四人,三不能包,遂加上艾虎和沈仲元;索性改名为《七侠五义》。这一种改本,现在盛行于江浙方面。但《三侠五义》,也并非一时创作的书,宋包拯立朝刚正,《宋史》有传;而民间传说，则行事多怪异；元朝就传为故事，明代又渐演为小说，就是《龙图公案》。后来这书的组织再加密些，又成为大部的《龙图公案》，也就是《三侠五义》的蓝本了。因为社会上很欢迎，所以又有《小五义》，《续小五义》，《英雄大八义》，《英雄小八义》，《七剑十三侠》，《七剑十八义》等等都跟着出现。——这等小说，大概是叙侠义之士，除盗平叛的事情，而中间每以名臣大官，总领一切。其先又有《施公案》，同时则有《彭公案》一类的小说，也盛行一时。其中所叙的侠客，大半粗豪，很像《水浒》中底人物，故其事实虽然来自《龙图公案》，而源流则仍出于《水浒》。不过《水浒》中人物在反抗政府；而这一类书中底人物，则帮助政府，这是作者思想的大不同处，大概也因为社会背景不同之故罢。这些书大抵出于光绪初年，其先曾经有过几回国内的战争，如平长毛，平捻匪，平教匪等，许多市井中人，粗人无赖之流，因为从军立功，多得顶戴，人民非常羡慕，愿听"为王前驱"的故事，所以茶馆中发生的小说，自然也受了影响了。现在《七侠五义》已出到二十四集，《施公案》出到十集，《彭公案》十七集，而大抵千篇一律，语多不通，我们对此，无多批评，只是很觉得作者和看者，都能够如此之不惮烦，也算是一件奇迹罢了。

上边所讲的四派小说，到现在还很通行。此外零碎小派的作品也还有，只好都略去了它们。至于民国以来所发生的新派的小说，还很年幼——正在发达创造之中，没有很大的著作，所以也姑且不提起它们了。

我讲的《中国小说的历史的变迁》在今天此刻就算终结了。在此两星期中，匆匆地只讲了一个大概，挂一漏万，固然在所不免，加以我的知识如此之少，讲话如此之拙，而天气又如此之热，而诸位有许多还始终来听完我的讲，这是我所非常之抱歉而且感谢的。

*　　　*　　　*

　　〔1〕《九尾龟》　清末漱六山房（张春帆）撰。一九二回。叙写妓女生活。

记 谈 话[1]

鲁迅先生快到厦门去了,虽然他自己说或者因天气之故而不能在那里久住,但至少总有半年或一年不在北京,这实在是我们认为很使人留恋的一件事。八月二十二日,女子师范大学学生会举行毁校周年纪念,鲁迅先生到会,曾有一番演说,我恐怕这是他此次在京最后的一回公开讲演,因此把它记下来,表示我一点微弱的纪念的意思。人们一提到鲁迅先生,或者不免觉得他稍微有一点过于冷静,过于默视的样子,而其实他是无时不充满着热烈的希望,发挥着丰富的感情的。在这一次谈话里,尤其可以显明地看出他的主张;那么,我把他这一次的谈话记下,作为他出京的纪念,也许不是完全没有重大的意义罢。我自己,为免得老实人费心起见,应该声明一下:那天的会,我是以一个小小的办事员的资格参加的。

(培良)[2]

我昨晚上在校《工人绥惠略夫》[3],想要另印一回,睡得太迟了,到现在还没有很醒;正在校的时候,忽然想到一些事情,弄得脑子里很混乱，一直到现在还是很混乱，所以今天恐怕不能有什么多的话可说。

提到我翻译《工人绥惠略夫》的历史，倒有点有趣。十二年前，欧洲大混战开始了，后来我们中国也参加战事，就是所谓"对德宣战"；派了许多工人到欧洲去帮忙；以后就打胜了，就是所谓"公理战胜"。中国自然也要分得战利品，——有一种是在上海的德国商人的俱乐部里的德文书，总数很不少，文学居多，都搬来放在午门的门楼上。教育部得到这些书，便要整理一下，分类一下，——其实是他们本来分类好了的，然而有些人以为分得不好，所以要从新分一下。——当时派了许多人，我也是其中的一个。后来，总长要看看那些书是什么书了。怎样看法呢？叫我们用中文将书名译出来，有义译义，无义译音，该撒呀，克来阿派忒拉呀，大马色[4]呀……。每人每月有十块钱的车费，我也拿了百来块钱，因为那时还有一点所谓行政费。这样的几里古鲁了一年多，花了几千块钱，对德和约[5]成立了，后来德国来取还，便仍由点收的我们全盘交付，——也许少了几本罢。至于"克来阿派忒拉"之类，总长看了没有，我可不得而知了。

据我所知道的说，"对德宣战"的结果，在中国有一座中央公园里的"公理战胜"的牌坊，在我就只有一篇这《工人绥惠略夫》的译本，因为那底本，就是从那时整理着的德文书里挑出来的。

那一堆书里文学书多得很，为什么那时偏要挑中这一篇呢？

那意思，我现在有点记不真切了。大概，觉得民国以前，以后，我们也有许多改革者，境遇和绥惠略夫很相像，所以借借他人的酒杯罢。然而昨晚上一看，岂但那时，譬如其中的改革者的被迫，代表的吃苦，便是现在，——便是将来，便是几十年以后，我想，还要有许多改革者的境遇和他相像的。所以我打算将它重印一下……。

《工人绥惠略夫》的作者阿尔志跋绥夫是俄国人。现在一提到俄国，似乎就使人心惊胆战。但是，这是大可以不必的，阿尔志跋绥夫并非共产党，他的作品现在在苏俄也并不受人欢迎。听说他已经瞎了眼睛，很在吃苦，那当然更不会送我一个卢布……。总而言之：和苏俄是毫不相干。但奇怪的是有许多事情竟和中国很相像，譬如，改革者，代表者的受苦，不消说了；便是教人要安本分的老婆子，也正如我们的文人学士一般。有一个教员因为不受上司的辱骂而被革职了，她背地里责备他，说他"高傲"得可恶，"你看，我以前被我的主人打过两个嘴巴，可是我一句话都不说，忍耐着。究竟后来他们知道我冤枉了，就亲手赏了我一百卢布。"[6]自然，我们的文人学士措辞决不至于如此拙直，文字也还要华赡得多。

然而绥惠略夫临末的思想却太可怕。他先是为社会做事，社会倒迫害他，甚至于要杀害他，他于是一变而为向社会复仇了，一切是仇仇，一切都破坏。中国这样破坏一切的人还不见有，大约也不会有的，我也并不希望其有。但中国向来有别一种破坏的人，所以我们不去破坏的，便常常受破坏。我们一面被破坏，一面修缮着，辛辛苦苦地再过下去。所以我们的生活，便成了一面受破坏，一面修补，一面受破坏，一面修补的生活了。这个学校，也就是受了杨荫榆章士钊们的破坏之后，修补修补，整理整理，再过下去的。

俄国老婆子式的文人学士也许说，这是"高傲"得可恶了，该得惩罚。这话自然很像不错的，但也不尽然。我的家里还住着一个乡下人，因为战事，她的家没有了，只好逃进城里来。她实在并不"高傲"，也没有反对过杨荫榆，然而她的家没有了，受了破坏。战事一完，她一定要回去的，即使屋子破了，器具抛了，田地荒了，她也还要活下去。她大概只好搜集一点剩下的东西，修补修补，整理整理，再来活下去。

中国的文明，就是这样破坏了又修补，破坏了又修补的疲乏伤残可怜的东西。但是很有人夸耀它，甚至于连破坏者也夸耀它。便是破坏本校的人，假如你派他到万国妇女的什么会里去，请他叙述中国女学的情形，他一定说，我们中国有一个国立北京女子师范大学在。

这真是万分可惜的事，我们中国人对于不是自己的东西，或者将不为自己所有的东西，总要破坏了才快活的。杨荫榆知道要做不成这校长，便文事用文士的"流言"，武功用三河的老妈，总非将一班"毛鸦头"[7]赶尽杀绝不可。先前我看见记载上说的张献忠[8]屠戮川民的事，我总想不通他是什么意思；后来看到别一本书,这才明白了:他原是想做皇帝的,但是李自成[9]先进北京,做了皇帝了,他便要破坏李自成的帝位。怎样破坏法呢?做皇帝必须有百姓;他杀尽了百姓,皇帝也就谁都做不成了。既无百姓,便无所谓皇帝,于是只剩了一个李自成,在白地上出丑,宛如学校解散后的校长一般。这虽然是一个可笑的极端的例,但有这一类的思想的,实在并不止张献忠一个人。

我们总是中国人,我们总要遇见中国事,但我们不是中国式的破坏者,所以我们是过着受破坏了又修补,受破坏了又修补的生活。我们的许多寿命白费了。我们所可以自慰的,想来想去,也还是所谓对于将来的希望。希望是附丽于存在的,有存在,便有希望,有希望,便是光明。如果历史家的话不是诳话,则世界上的事物可还没有因为黑暗而长存的先例。黑暗只能附丽于渐就灭亡的事物,一灭亡,黑暗也就一同灭亡了,它不永久。然而将来是永远要有的,并且总要光明起来;只要不做黑暗的附着物,为光明而灭亡,则我们一定有悠久的将来,而且一定是光明的将来。

我赴这会的后四日,就出北京了。在上海看见日报,知道女师大已改为女子学院的师范部,教育总长任可澄[10]自做院长,师范部的学长是林素园[11]。后来看见北京九月五日的晚报,有一条道:"今日下午一时半,任可澄特同林氏,并率有警察厅保安队及军督察处兵士共四十左右,驰赴女师大,武装接收。……"原来刚一周年,又看见用兵了。不知明年这日,还是带兵的开得校纪念呢,还是被兵的开毁校纪念?现在姑且将培良君的这一篇转录在这里,先作一个本年的纪念罢。

一九二六年十月十四日,鲁迅附记。

*　　*　　*

〔1〕 本篇最初发表于1926年8月28日《语丝》周刊第九十四期。原题《记鲁迅先生的谈话》,署名培良。

〔2〕 培良　向培良(1905—1959),湖南黔阳人,狂飙社主要成员。当时常为《莽原》周刊写稿,后在南京主编《青春月刊》,主张"人类底艺术",提倡"民族主义文学"。

〔3〕 《工人绥惠略夫》　俄国阿尔志跋绥夫(М. П. Арцыбашев,1878—1927)著中篇小说,鲁迅译本于1922年5月由上海商务印书馆出版;以后又于1927年6月由上海北新书局出版。

〔4〕 该撒(G. J. Caesar,前100—前44)　通译恺撒,古罗马统帅、政治家。克来阿派忒拉(Cleopatra,前69—前30),通译克利奥佩特拉,埃及女王。大马色(Damascus),通译大马士革,世界最古老的城市之一,现为叙利亚的首都。

〔5〕 对德和约　指1921年5月20日在北京签订的《中德协约》。其中规定德国放弃以前在山东攫取的特权,双方声明保护在各自管辖下的对方财产,并决定重建外交关系,互派公使。

〔6〕 这段话见于《工人绥惠略夫》第六章。

〔7〕 "毛鸦头"　即毛丫头,吴稚晖等对女师大学生的蔑称。吴

稚晖在1925年8月24日《京报》关于女师大问题的《答大同晚报》中说："言止于此。我不愿在这国家存亡即在呼吸的时候，经天纬地，止经纬到几个毛丫头身上去也。"陈西滢在8月29日《现代评论》第三十八期的《闲话》中也说：章士钊"险些弄不过二三十个'毛丫头'"。

〔8〕 张献忠（1606—1646） 延安柳树涧（今陕西定边东）人，明末农民起义领袖。崇祯三年（1630）起义，转战陕、豫各地；崇祯十七年（1644）入川，在成都建立大西国；清顺治三年（1646）出川，行至川北盐亭界，猝遇清兵，于凤凰坡中箭坠马而死。旧史书（包括野史和杂记）中多有关于他杀人的记载。

〔9〕 李自成（1606—1645） 陕西米脂人，明末农民起义领袖。明崇祯二年（1629）起义，后被推为闯王。明崇祯十七年（1644）一月在西安建立大顺国，三月攻入北京。后明将吴三桂引清兵入关，李兵败退出北京，次年在湖北通山县九宫山遭伏击遇害。

〔10〕 任可澄（1877—1946） 字志清，贵州普定（今安顺）人。1926年6月任北洋政府教育总长；8月末，他将女师大与女大合并为北京女子学院，自兼院长。

〔11〕 林素园 福建人，1926年8月女师大被改为北京女子学院师范部时出任学长，同年9月5日率军警武装接收北京女师大。

无声的中国[1]

——二月十六日在香港青年会[2]讲

以我这样没有什么可听的无聊的讲演,又在这样大雨的时候,竟还有这许多来听的诸君,我首先应当声明我的郑重的感谢。

我现在所讲的题目是:《无声的中国》。

现在,浙江,陕西,都在打仗,[3]那里的人民哭着呢还是笑着呢,我们不知道。香港似乎很太平,住在这里的中国人,舒服呢还是不很舒服呢,别人也不知道。

发表自己的思想,感情给大家知道的是要用文章的,然而拿文章来达意,现在一般的中国人还做不到。这也怪不得我们;因为那文字,先就是我们的祖先留传给我们的可怕的遗产。人们费了多年的工夫,还是难于运用。因为难,许多人便不理它了,甚至于连自己的姓也写不清是张还是章,或者简直不会写,或者说道:Chang。虽然能说话,而只有几个人听到,远处的人们便不知道,结果也等于无声。又因为难,有些人便当作宝贝,像玩把戏似的,之乎者也,只有几个人懂,——其实是不知道可真懂,而大多数的人们却不懂得,结果也等于无声。

文明人和野蛮人的分别,其一,是文明人有文字,能够把他们的思想,感情,藉此传给大众,传给将来。中国虽然有文字,现在却已经和大家不相干,用的是难懂的古文,讲的是陈旧的古意思,所有的声音,都是过去的,都就是只等于零的。所以,大家不能互相了解,正像一大盘散沙。

将文章当作古董,以不能使人认识,使人懂得为好,也许是有趣的事罢。但是,结果怎样呢?是我们已经不能将我们想说的话说出来。我们受了损害,受了侮辱,总是不能说出些应说的话。拿最近的事情来说,如中日战争,拳匪事件,民元革命[4]这些大事件,一直到现在,我们可有一部像样的著作?民国以来,也还是谁也不作声。反而在外国,倒常有说起中国的,但那都不是中国人自己的声音,是别人的声音。

这不能说话的毛病,在明朝是还没有这样厉害的;他们还比较地能够说些要说的话。待到满洲人以异族侵入中国,讲历史的,尤其是讲宋末的事情的人被杀害了,讲时事的自然也被杀害了。所以,到乾隆年间,人民大家便更不敢用文章来说话了。[5]所谓读书人,便只好躲起来读经,校刊古书,做些古时的文章,和当时毫无关系的文章。有些新意,也还是不行的;不是学韩,便是学苏。韩愈苏轼[6]他们,用他们自己的文章来说当时要说的话,那当然可以的。我们却并非唐宋时人,怎么做和我们毫无关系的时候的文章呢?即使做得像,也是唐宋时代的声音,韩愈苏轼的声音,而不是我们现代的声音。然而直到现在,中国人却还要着这样的旧戏法。人是有的,没有声音,寂寞得很。——人会没有声音的么?没有,可以说:是死了。倘要说得客气一点,那就是:已经哑了。

要恢复这多年无声的中国,是不容易的,正如命令一个死掉的人道:"你活过来!"我虽然并不懂得宗教,但我以为正如想出现一个宗教上之所谓"奇迹"一样。

首先来尝试这工作的是"五四运动"前一年,胡适之先生所提倡的"文学革命"[7]。"革命"这两个字,在这里不知道可害怕,有些地方是一听到就害怕的。但这和文学两字连起来的"革命",却没有法国革命[8]的"革命"那么可怕,不过是革新,改换一个字,就很平和了,我们就称为"文学革新"罢,中国文字上,这样的花样是很多的。那大意也并不可怕,不过说:我们不必再去费尽心机,学说古代的死人的话,要说现代的活人的话;不要将文章看作古董,要做容易懂得的白话的文章。然而,单是文学革新是不够的,因为腐败思想,能用古文做,也能用白话做。所以后来就有人提倡思想革新。思想革新的结果,是发生社会革新运动。这运动一发生,自然一面就发生反动,于是便酿成战斗……。

但是,在中国,刚刚提起文学革新,就有反动了。不过白话文却渐渐风行起来,不大受阻碍。这是怎么一回事呢?就因为当时又有钱玄同先生提倡废止汉字,用罗马字母来替代[9]。这本也不过是一种文字革新,很平常的,但被不喜欢改革的中国人听见,就大不得了了,于是便放过了比较的平和的文学革命,而竭力来骂钱玄同。白话乘了这一个机会,居然减去了许多敌人,反而没有阻碍,能够流行了。

中国人的性情是总喜欢调和,折中的。譬如你说,这屋子太暗,须在这里开一个窗,大家一定不允许的。但如果你主张拆掉屋顶,他们就会来调和,愿意开窗了。没有更激烈的主张,他们总连平和的改革也不肯行。那时白话文之得以通行,就因为有废掉中国字而用罗马字母的议论的缘故。

其实,文言和白话的优劣的讨论,本该早已过去了,但中国是总不肯早早解决的,到现在还有许多无谓的议论。例如,有的说:古文各省人都能懂,白话就各处不同,反而不能互相了解了。殊不知这只要教育普及和交通发达就好,那时就人人都能懂较为易解的白话文;至于古文,何尝各省人都能懂,便是一省里,也没有许多人懂得的。有的说:如果都用白话文,人们便不能看古书,中国的文化就灭亡了。其实呢,现在的人们大可以不必看古书,即使古书里真有好东西,也可以用白话来译出的,用不着那么心惊胆战。他们又有人说,外国尚且译中国书,足见其好,我们自己倒不看么?殊不知埃及的古书,外国人也译,非洲黑人的神话,外国人也译,他们别有用意,即使译出,也算不了怎样光荣的事的。

近来还有一种说法,是思想革新紧要,文字改革倒在其次,所以不如用浅显的文言来作新思想的文章,可以少招一重反对。这话似乎也有理。然而我们知道,连他长指甲都不肯剪去的人,是决不肯剪去他的辫子的。

因为我们说着古代的话,说着大家不明白,不听见的话,已经弄得像一盘散沙,痛痒不相关了。我们要活过来,首先就须由青年们不再说孔子孟子和韩愈柳宗元[10]们的话。时代不同,情形也两样,孔子时代的香港不这样,孔子口调的"香港论"是无从做起的,"吁嗟阔哉香港也",不过是笑话。

我们要说现代的,自己的话;用活着的白话,将自己的思想,感情直白地说出来。但是,这也要受前辈先生非笑的。他们说白话文卑鄙,没有价值;他们说年青人作品幼稚,贻笑大方。我们中国能做文言的有多少呢,其余的都只能说白话,难道这许多中国人,就都是卑鄙,没有价值的么?至于幼稚,尤其没有什么可羞,正如孩子对于老人,毫没有什么可羞一样。幼稚是会生长,会成熟的,只不要衰老,腐败,就好。倘说待到纯熟了才可以动手,那是虽是村妇也不至于这样蠢。她的孩子学走路,即使跌倒了,她决不至于叫孩子从此躺在床上,待到学会了走法再下地面来的。

青年们先可以将中国变成一个有声的中国。大胆地说话,勇敢地进行,忘掉了一切利害,推开了古人,将自己的真心的话发表出来。——真,自然是不容易的。譬如态度,就不容易真,讲演时候就不是我的真态度,因为我对朋友,孩子说话时候的态度是不这样的。——但总可以说些较真的话，发些较真的声音。只有真的声音，才能感动中国的人和世界的人；必须有了真的声音，才能和世界的人同在世界上生活。

我们试想现在没有声音的民族是那几种民族。我们可听到埃及人的声音？可听到安南[11]、朝鲜的声音？印度除了泰戈尔[12]，别的声音可还有？

我们此后实在只有两条路：一是抱着古文而死掉，一是舍掉古文而生存。

*　　　*　　　*

〔1〕 本篇最初刊载于香港报纸（报纸名称及日期未详），1927年3月23日汉口《中央日报》副刊转载。据鲁迅日记，这篇讲演作于2月18日。

〔2〕 青年会　即基督教青年会，基督教进行社会文化活动的机构之一。

〔3〕 这里说的浙江陕西在打仗，指1926年末至1927年初北洋军阀孙传芳在浙江进攻与广州国民政府有联系的陈仪、周凤岐等部，和1926年12月冯玉祥所部国民军在陕西与北洋镇嵩军的战争。

〔4〕 中日战争　指1894年（甲午）日本军国主义侵略中国而引起的战争。拳匪事件，指1900年中国北方爆发的义和团运动。民元革命，即1911年（辛亥）孙中山领导的推翻清王朝、建立民国的民主革命。

〔5〕 指清初统治者多次施于汉族人民的文字狱,其中较著名的有康熙年间的"庄廷钺之狱"、"戴名世之狱",雍正年间的"吕留良曾静之狱",乾隆年间的"胡中藻之狱"等。这些文字狱的起因,都是由于他们在著作中记载了汉族人民在历史上(特别是宋末和明末)反抗民族压迫的事实,或涉嫌触犯清朝的统治,因而遭到迫害和屠杀。

〔6〕 韩愈(768—824) 字退之,河阳(今河南孟州市)人,自称郡望昌黎,唐代文学家,著有《韩昌黎集》。苏轼(1037—1101),字子瞻,号东坡居士,眉山(今属四川)人,宋代文学家,著有《东坡全集》等。

〔7〕 胡适之(1891—1962) 名适,字适之,安徽绩溪人。他在"五四"时期是新文化运动的代表人物之一。这里所说他提倡"文学革命",是指他在《新青年》杂志第四卷第四号(1918年4月)发表的《建设的文学革命论》一文。

〔8〕 法国革命 指1789年至1794年的法国资产阶级革命。这次革命摧毁了法国封建专制制度,促进了法国资本主义的发展,并推动了欧洲各国的革命。

〔9〕 钱玄同(1887—1939) 浙江吴兴人,文字学家,"五四"时期新文化运动的积极参加者。他在1918年1月《新青年》第四卷第一号《论注音字母》一文中说过,"高等字典和中学以上的高深书籍,都应该用罗马字母记音";在同年4月《新青年》第四卷第四号《中国今后之文字问题》的"通信"中,提出"废灭汉文",代以世界语的主张。

〔10〕 孔子(前551—前479) 名丘,字仲尼,春秋末期鲁国陬邑(今山东曲阜)人,儒家学派创始人。他的主要言行记载在《论语》一书中。孟子(约前372—前289),名轲,字子舆,战国中期邹(今山东邹

县)人,继孔子之后儒家的代表人物。他的重要言行记载在《孟子》一书中。柳宗元(773—819),字子厚,河东(今山西运城)人,唐代文学家,著有《柳河东集》等。

〔11〕 安南　越南的旧称。1803年其国号已改为越南,但中国民间仍沿用旧称。

〔12〕 泰戈尔(R. Tagore,1861—1941)　印度诗人,著有诗集《新月集》、《飞鸟集》和长篇小说《沉船》等。

老调子已经唱完[1]

——二月十九日在香港青年会讲演

今天我所讲的题目是"老调子已经唱完":初看似乎有些离奇,其实是并不奇怪的。

凡老的,旧的,都已经完了!这也应该如此。虽然这一句话实在对不起一般老前辈,可是我也没有别的法子。

中国人有一种矛盾思想,即是:要子孙生存,而自己也想活得很长久,永远不死;及至知道没法可想,非死不可了,却希望自己的尸身永远不腐烂。但是,想一想罢,如果从有人类以来的人们都不死,地面上早已挤得密密的,现在的我们早已无地可容了;如果从有人类以来的人们的尸身都不烂,岂不是地面上的死尸早已堆得比鱼店里的鱼还要多,连掘井,造房子的空地都没有了么?所以,我想,凡是老的,旧的,实在倒不如高高兴兴的死去的好。

在文学上,也一样,凡是老的和旧的,都已经唱完,或将要唱完。举一个最近的例来说,就是俄国。他们当俄皇专制的时代,有许多作家很同情于民众,叫出许多惨痛的声音,后来他们又看见民众有缺点,便失望起来,不很能怎样歌唱,待到革命以后,文学上便没有什么大作品了。只有几个旧文学家跑到外国去,作了几篇作品,但也不见得出色,因为他们已经失掉了先前的环境了,不再能照先前似的开口。

在这时候,他们的本国是应该有新的声音出现的,但是我们还没有很听到。我想,他们将来是一定要有声音的。因为俄国是活的,虽然暂时没有什么声音,但他究竟有改造环境的能力,所以将来一定也会有新的声音出现。

再说欧美的几个国度罢。他们的文艺是早有些老旧了,待到世界大战时候,才发生了一种战争文学。战争一完结,环境也改变了,老调子无从再唱,所以现在文学上也有些寂寞。将来的情形如何,我们实在不能豫测。但我相信,他们是一定也会有新的声音的。

现在来想一想我们中国是怎样。中国的文章是最没有变化的,调子是最老的,里面的思想是最旧的。但是,很奇怪,却和别国不一样。那些老调子,还是没有唱完。

这是什么缘故呢?有人说,我们中国是有一种"特别国情"[2]。——中国人是否真是这样"特别",我是不知道,不过我听得有人说,中国人是这样。——倘使这话是真的,那么,据我看来,这所以特别的原因,大概有两样。

第一,是因为中国人没记性,因为没记性,所以昨天听过的话,今天忘记了,明天再听到,还是觉得很新鲜。做事也是如此,昨天做坏了的事,今天忘记了,明天做起来,也还是"仍旧贯"[3]的老调子。

第二,是个人的老调子还未唱完,国家却已经灭亡了好几次了。何以呢?我想,凡有老旧的调子,一到有一个时候,是都应该唱完的,凡是有良心,有觉悟的人,到一个时候,自然知道老调子不该再唱,将它抛弃。但是,一般以自己为中心的人们,却决不肯以民众为主体,而专图自己的便利,总是三翻四复的唱不完。于是,自己的老调子固然唱不完,而国家却已被唱完了。

宋朝的读书人讲道学,讲理学[4],尊孔子,千篇一律。虽然有几个革新的人们,如王安石[5]等等,行过新法,但不得大家的赞同,失败了。从此大家又唱老调子,和社会没有关系的老调子,一直到宋朝的灭亡。

宋朝唱完了,进来做皇帝的是蒙古人——元朝。那么,宋朝的老调子也该随着宋朝完结了罢,不,元朝人起初虽然看不起中国人[6],后来却觉得我们的老调子,倒也新奇,渐渐生了羡慕,因此元人也跟着唱起我们的调子来了,一直到灭亡。

这个时候,起来的是明太祖。元朝的老调子,到此应该唱完了罢,可是也还没有唱完。明太祖又觉得还有些意趣,就又教大家接着唱下去。什么八股啲,道学啲,和社会,百姓都不相干,就只向着那条过去的旧路走,一直到明亡。

清朝又是外国人。中国的老调子,在新来的外国主人的眼里又见得新鲜了,于是又唱下去。还是八股,考试,做古文,看古书。但是清朝完结,已经有十六年了,这是大家都知道的。他们到后来,倒也略略有些觉悟,曾经想从外国学一点新法来补救,然而已经太迟,来不及了。

老调子将中国唱完,完了好几次,而它却仍然可以唱下去。因此就发生一点小议论。有人说:"可见中国的老调子实在好,正不妨唱下去。试看元朝的蒙古人,清朝的满洲人,不是都被我们同化了么?照此看来,则将来无论何国,中国都会这样地将他们同化的。"原来我们中国就如生着传染病的病人一般,自己生了病,还会将病传到别人身上去,这倒是一种特别的本领。

殊不知这种意见,在现在是非常错误的。我们为甚么能够同化蒙古人和满洲人呢?是因为他们的文化比我们的低得多。倘使别人的文化和我们的相敌或更进步,那结果便要大不相同了。他们倘比我们更聪明,这时候,我们不但不能同化他们,反要被他们利用了我们的腐败文化,来治理我们这腐败民族。他们对于中国人,是毫不爱惜的,当然任凭你腐败下去。现在听说又很有别国人在尊重中国的旧文化了,那里是真在尊重呢,不过是利用!

从前西洋有一个国度,国名忘记了,要在非洲造一条铁路。顽固的非洲土人很反对,他们便利用了他们的神话来哄骗他们道:"你们古代有一个神仙,曾从地面造一道桥到天上。现在我们所造的铁路,简直就和你们的古圣人的用意一样。"[7]非洲人不胜佩服,高兴,铁路就造起来。——中国人是向来排斥外人的,然而现在却渐渐有人跑到他那里去唱老调子了,还说道:"孔夫子也说过,'道不行,乘桴浮于海。'[8]所以外人倒是好的。"外国人也说道:"你家圣人的话实在不错。"

倘照这样下去,中国的前途怎样呢?别的地方我不知道,只好用上海来类推。上海是:最有权势的是一群外国人,接近他们的是一圈中国的商人和所谓读书的人,圈子外面是许多中国的苦人,就是下等奴才。将来呢,倘使还要唱着老调子,那么,上海的情状会扩大到全国,苦人会多起来。因为现在是不像元朝清朝时候,我们可以靠着老调子将他们唱完,只好反而唱完自己了。这就因为,现在的外国人,不比蒙古人和满洲人一样,他们的文化并不在我们之下。

那么,怎么好呢?我想,唯一的方法,首先是抛弃了老调子。旧文章,旧思想,都已经和现社会毫无关系了,从前孔子周游列国的时代,所坐的是牛车。现在我们还坐牛车么?从前尧舜的时候,吃东西用泥碗。现在我们所用的是甚么?所以,生在现今的时代,捧着古书是完全没有用处的了。

但是,有些读书人说,我们看这些古东西,倒并不觉得于中国怎样有害,又何必这样决绝地抛弃呢?是的。然而古老东西的可怕就正在这里。倘使我们觉得有害,我们便能警戒了,正因为并不觉得怎样有害,我们这才总是觉不出这致死的毛病来。因为这是"软刀子"。这"软刀子"的名目,也不是我发明的,明朝有一个读书人,叫做贾凫西[9]的,鼓词里曾经说起纣王,道:

"几年家软刀子割头不觉死,只等得太白旗悬才知道命有差。"我们的老调子,也就是一把软刀子。

中国人倘被别人用钢刀来割,是觉得痛的,还有法子想;倘是软刀子,那可真是"割头不觉死",一定要完的。

我们中国被别人用兵器来打,早有过好多次了。例如,蒙古人满洲人用弓箭,还有别国人用枪炮。用枪炮来打的后几次,我已经出了世了,但是年纪青。我仿佛记得那时大家倒还觉得一点苦痛的,也曾经想有些抵抗,有些改革。用枪炮来打我们的时候,听说是因为我们野蛮;现在,倒不大遇见有枪炮来打我们了,大约是因为我们文明了罢。现在也的确常常有人说,中国的文化好得很,应该保存。那证据,是外国人也常在赞美。这就是软刀子。用钢刀,我们也许还会觉得的,于是就改用软刀子。我想:叫我们用自己的老调子唱完我们自己的时候,是已经要到了。

中国的文化,我可是实在不知道在那里。所谓文化之类,和现在的民众有甚么关系,甚么益处呢?近来外国人也时常说,中国人礼仪好,中国人肴馔好。中国人也附和着。但这些事和民众有甚么关系?车夫先就没有钱来做礼服,南北的大多数的农民最好的食物是杂粮。有什么关系?

中国的文化,都是侍奉主子的文化,是用很多的人的痛苦换来的。无论中国人,外国人,凡是称赞中国文化的,都只是以主子自居的一部份。

以前，外国人所作的书籍，多是嘲骂中国的腐败；到了现在，不大嘲骂了，或者反而称赞中国的文化了。常听到他们说："我在中国住得很舒服呵！"这就是中国人已经渐渐把自己的幸福送给外国人享受的证据。所以他们愈赞美，我们中国将来的苦痛要愈深的！

这就是说：保存旧文化，是要中国人永远做侍奉主子的材料，苦下去，苦下去。虽是现在的阔人富翁，他们的子孙也不能逃。我曾经做过一篇杂感，大意是说："凡称赞中国旧文化的，多是住在租界或安稳地方的富人，因为他们有钱，没有受到国内战争的痛苦，所以发出这样的赞赏来。殊不知将来他们的子孙，营业要比现在的苦人更其贱，去开的矿洞，也要比现在的苦人更其深。"[10]这就是说，将来还是要穷的，不过迟一点。但是先穷的苦人，开了较浅的矿，他们的后人，却须开更深的矿了。我的话并没有人注意。他们还是唱着老调子，唱到租界去，唱到外国去。但从此以后，不能像元朝清朝一样，唱完别人了，他们是要唱完了自己。

这怎么办呢？我想，第一，是先请他们从洋楼，卧室，书房里踱出来，看一看身边怎么样，再看一看社会怎么样，世界怎么样。然后自己想一想，想得了方法，就做一点。"跨出房门，是危险的。"自然，唱老调子的先生们又要说。然而，做人是总有些危险的，如果躲在房里，就一定长寿，白胡子的老先生应该非常多；但是我们所见的有多少呢？他们也还是常常早死，虽然不危险，他们也胡涂死了。

要不危险，我倒曾经发见了一个很合式的地方。这地方，就是：牢狱。人坐在监牢里，便不至于再捣乱，犯罪了；救火机关也完全，不怕失火；也不怕盗劫，到牢狱里去抢东西的强盗是从来没有的。坐监是实在最安稳。

但是，坐监却独独缺少一件事，这就是：自由。所以，贪安稳就没有自由，要自由就总要历些危险。只有这两条路。那一条好，是明明白白的，不必待我来说了。

现在我还要谢诸位今天到来的盛意。

　　＊　　　　＊　　　　＊

〔1〕 本篇最初发表于1927年3月（？）广州《国民新闻》副刊《新时代》，同年5月11日汉口《中央日报》副刊第四十八号曾予转载。

〔2〕 "特别国情" 1915年袁世凯阴谋复辟帝制时，他的宪法顾问美国人古德诺（F. J. Goodnow），曾于8月10日北京《亚细亚日报》发表《共和与君主论》一文，说中国自有"特别国情"，不适宜实行共和政治，应当恢复君主政体。这种论调曾经成为守旧派阻挠民主改革和反对进步学说的借口。

〔3〕 "仍旧贯" 语出《论语·先进》："鲁人为长府，闵子骞曰：'仍旧贯，如之何？何必改作！'"

〔4〕 理学 又称道学，是宋代周敦颐、程颢、程颐、朱熹等人阐释儒家学说而形成的理论体系。它认为"理"是宇宙的本体，把"三纲

五常"等封建伦理道德说成是"天理",提出"存天理,灭人欲"的主张。

〔5〕 王安石(1021—1086) 字介甫,抚州临川(今属江西)人。北宋政治家、文学家。他在宋神宗熙宁二年(1069)为参知政事,次年出任宰相,实行改革,推行均输、青苗、免役、市易、方田均税、保甲保马等新法,后因司马光、文彦博等激烈反对而失败。

〔6〕 元朝将全国人分为四等:蒙古人最贵,色目人次之,汉人又次之,南人最贱。按汉人指契丹、女贞、高丽和原金朝治下的北中国汉人;南人指南宋遗民。

〔7〕 关于西洋人用神话哄骗非洲土人的事,参看《热风·随感录四十二》。

〔8〕 "道不行,乘桴浮于海" 语出《论语·公冶长》。宋代邢昺疏:"桴,竹木所编小筏也。"

〔9〕 贾凫西(约1590—1676) 名应宠,字思退,号凫西、木皮散人,山东曲阜人,鼓词作家。明末曾任刑部郎中等职,明亡不仕。这里所引的话见于明亡后他作的《木皮散人鼓词》中关于周武王灭商纣王的一段:"多亏了散宜生定下胭粉计,献上个兴周灭商的女娇娃;……他爷们(按指周文王、武王父子等)昼夜商议行仁政,那纣王胡里胡涂在黑影爬;几年家软刀子割头不觉死,只等得太白旂悬才知道命有差。"

〔10〕 参看《华盖集续编·无花的蔷薇之二》。

革命时代的文学[1]

——四月八日在黄埔军官学校[2]讲

今天要讲几句的话是就将这"革命时代的文学"算作题目。这学校是邀过我好几次了,我总是推宕着没有来。为什么呢?因为我想,诸君的所以来邀我,大约是因为我曾经做过几篇小说,是文学家,要从我这里听文学。其实我并不是的,并不懂什么。我首先正经学习的是开矿,叫我讲掘煤,也许比讲文学要好一些。自然,因为自己的嗜好,文学书是也时常看看的,不过并无心得,能说出于诸君有用的东西来。加以这几年,自己在北京所得的经验,对于一向所知道的前人所讲的文学的议论,都渐渐的怀疑起来。那是开枪打杀学生的时候[3]罢,文禁也严厉了,我想:文学文学,是最不中用的,没有力量的人讲的;有实力的人并不开口,就杀人,被压迫的人讲几句话,写几个字,就要被杀;即使幸而不被杀,但天天呐喊,叫苦,鸣不平,而有实力的人仍然压迫,虐待,杀戮,没有方法对付他们,这文学于人们又有什么益处呢?

在自然界里也这样,鹰的捕雀,不声不响的是鹰,吱吱叫喊的是雀；猫的捕鼠，不声不响的是猫，吱吱叫喊的是老鼠；结果，还是只会开口的被不开口的吃掉。文学家弄得好，做几篇文章，也许能够称誉于当时，或者得到多少年的虚名罢，——譬如一个烈士的追悼会开过之后，烈士的事情早已不提了，大家倒传诵着谁的挽联做得好：这实在是一件很稳当的买卖。

但在这革命地方的文学家，恐怕总喜欢说文学和革命是大有关系的，例如可以用这来宣传，鼓吹，煽动，促进革命和完成革命。不过我想，这样的文章是无力的，因为好的文艺作品，向来多是不受别人命令，不顾利害，自然而然地从心中流露的东西；如果先挂起一个题目，做起文章来，那又何异于八股[4]，在文学中并无价值，更说不到能否感动人了。为革命起见，要有"革命人"，"革命文学"倒无须急急，革命人做出东西来，才是革命文学。所以，我想：革命，倒是与文章有关系的。革命时代的文学和平时的文学不同，革命来了，文学就变换色彩。但大革命可以变换文学的色彩，小革命却不，因为不算什么革命，所以不能变换文学的色彩。在此地是听惯了"革命"了，江苏浙江谈到革命二字，听的人都很害怕，讲的人也很危险。其实"革命"是并不稀奇的，惟其有了它，社会才会改革，人类才会进步，能从原虫到人类，从野蛮到文明，就因为没有一刻不在革命。生物学家告诉我们："人类和猴子是没有大两样的，人类和猴子是表兄弟。"但为什么人类成了人，猴子终于是猴子呢？这就因为猴子不肯变化——它爱用四只脚走路。也许曾有一个猴子站起来，试用两脚走路的罢,但许多猴子就说:"我们底祖先一向是爬的,不许你站!"咬死了。它们不但不肯站起来,并且不肯讲话,因为它守旧。人类就不然,他终于站起,讲话,结果是他胜利了。现在也还没有完。所以革命是并不稀奇的,凡是至今还未灭亡的民族,还都天天在努力革命,虽然往往不过是小革命。

大革命与文学有什么影响呢?大约可以分开三个时候来说:

(一)大革命之前,所有的文学,大抵是对于种种社会状态,觉得不平,觉得痛苦,就叫苦,鸣不平,在世界文学中关于这类的文学颇不少。但这些叫苦鸣不平的文学对于革命没有什么影响,因为叫苦鸣不平,并无力量,压迫你们的人仍然不理,老鼠虽然吱吱地叫,尽管叫出很好的文学,而猫儿吃起它来,还是不客气。所以仅仅有叫苦鸣不平的文学时,这个民族还没有希望,因为止于叫苦和鸣不平。例如人们打官司,失败的方面到了分发冤单的时候,对手就知道他没有力量再打官司,事情已经了结了;所以叫苦鸣不平的文学等于喊冤,压迫者对此倒觉得放心。有些民族因为叫苦无用,连苦也不叫了,他们便成为沉默的民族,渐渐更加衰颓下去。埃及,阿拉伯,波斯,印度就都没有什么声音了!至于富有反抗性,蕴有力量的民族,因为叫苦没用,他便觉悟起来,由哀音而变为怒吼。怒吼的文学一出现,反抗就快到了;他们已经很愤怒,所以与革命爆发时代接近的文学每每带有愤怒之音;他要反抗,他要复仇。苏俄革命将起时,即有些这类的文学。但也有例外，如波兰，虽然早有复仇的文学[5]，然而他的恢复，是靠着欧洲大战的。

（二）到了大革命的时代，文学没有了，没有声音了，因为大家受革命潮流的鼓荡，大家由呼喊而转入行动，大家忙着革命，没有闲空谈文学了。还有一层，是那时民生凋敝，一心寻面包吃尚且来不及，那里有心思谈文学呢？守旧的人因为受革命潮流的打击，气得发昏，也不能再唱所谓他们底文学了。有人说："文学是穷苦的时候做的"，其实未必，穷苦的时候必定没有文学作品的；我在北京时，一穷，就到处借钱，不写一个字，到薪俸发放时，才坐下来做文章。忙的时候也必定没有文学作品，挑担的人必要把担子放下，才能做文章；拉车的人也必要把车子放下，才能做文章。大革命时代忙得很，同时又穷得很，这一部分人和那一部分人斗争，非先行变换现代社会底状态不可，没有时间也没有心思做文章；所以大革命时代的文学便只好暂归沉寂了。

（三）等到大革命成功后，社会底状态缓和了，大家底生活有余裕了，这时候就又产生文学。这时候底文学有二：一种文学是赞扬革命，称颂革命，——讴歌革命，因为进步的文学家想到社会改变，社会向前走，对于旧社会的破坏和新社会的建设，都觉得有意义，一方面对于旧制度的崩坏很高兴，一方面对于新的建设来讴歌。另有一种文学是吊旧社会的灭亡——挽歌——也是革命后会有的文学。有些的人以为这是"反革命的文学"，我想，倒也无须加以这么大的罪名。革命虽然进行，但社会上旧人物还很多，决不能一时变成新人物，他们的脑中满藏着旧思想旧东西；环境渐变，影响到他们自身的一切，于是回想旧时的舒服，便对于旧社会眷念不已，恋恋不舍，因而讲出很古的话，陈旧的话，形成这样的文学。这种文学都是悲哀的调子，表示他心里不舒服，一方面看见新的建设胜利了，一方面看见旧的制度灭亡了，所以唱起挽歌来。但是怀旧，唱挽歌，就表示已经革命了，如果没有革命，旧人物正得势，是不会唱挽歌的。

不过中国没有这两种文学——对旧制度挽歌，对新制度讴歌；因为中国革命还没有成功，正是青黄不接，忙于革命的时候。不过旧文学仍然很多，报纸上的文章，几乎全是旧式。我想，这足见中国革命对于社会没有多大的改变，对于守旧的人没有多大的影响，所以旧人仍能超然物外。广东报纸所讲的文学，都是旧的，新的很少，也可以证明广东社会没有受革命影响；没有对新的讴歌，也没有对旧的挽歌，广东仍然是十年前底广东。不但如此，并且也没有叫苦，没有鸣不平；止看见工会参加游行，但这是政府允许的，不是因压迫而反抗的，也不过是奉旨革命。中国社会没有改变，所以没有怀旧的哀词，也没有崭新的进行曲，只在苏俄却已产生了这两种文学。他们的旧文学家逃亡外国，所作的文学，多是吊亡挽旧的哀词；新文学则正在努力向前走，伟大的作品虽然还没有，但是新作品已不少，他们已经离开怒吼时期而过渡到讴歌的时期了。赞美建设是革命进行以后的影响，再往后去的情形怎样，现在不得而知，但推想起来，大约是平民文学罢，因为平民的世界，是革命的结果。

现在中国自然没有平民文学，世界上也还没有平民文学，所有的文学，歌呀，诗呀，大抵是给上等人看的；他们吃饱了，睡在躺椅上，捧着看。一个才子出门遇见一个佳人，两个人很要好，有一个不才子从中捣乱，生出差迟来，但终于团圆了。这样地看看，多么舒服。或者讲上等人怎样有趣和快乐，下等人怎样可笑。前几年《新青年》[6]载过几篇小说，描写罪人在寒地里的生活，大学教授看了就不高兴，因为他们不喜欢看这样的下流人。如果诗歌描写车夫，就是下流诗歌；一出戏里，有犯罪的事情，就是下流戏。他们的戏里的脚色，止有才子佳人，才子中状元，佳人封一品夫人，在才子佳人本身很欢喜，他们看了也很欢喜，下等人没奈何，也只好替他们一同欢喜欢喜。在现在，有人以平民——工人农民——为材料，做小说做诗，我们也称之为平民文学，其实这不是平民文学，因为平民还没有开口。这是另外的人从旁看见平民的生活，假托平民底口吻而说的。眼前的文人有些虽然穷，但总比工人农民富足些，这才能有钱去读书，才能有文章；一看好像是平民所说的，其实不是；这不是真的平民小说。平民所唱的山歌野曲，现在也有人写下来，以为是平民之音了，因为是老百姓所唱。但他们间接受古书的影响很大，他们对于乡下的绅士有田三千亩，佩服得不了，每每拿绅士的思想，做自己的思想，绅士们惯吟五言诗，七言诗；因此他们所唱的山歌野曲,大半也是五言或七言。这是就格律而言,还有构思取意,也是很陈腐的,不能称是真正的平民文学。现在中国底小说和诗实在比不上别国,无可奈何,只好称之曰文学;谈不到革命时代的文学,更谈不到平民文学。现在的文学家都是读书人,如果工人农民不解放,工人农民的思想,仍然是读书人的思想,必待工人农民得到真正的解放,然后才有真正的平民文学。有些人说:"中国已有平民文学",其实这是不对的。

诸君是实际的战争者,是革命的战士,我以为现在还是不要佩服文学的好。学文学对于战争,没有益处,最好不过作一篇战歌,或者写得美的,便可于战余休憩时看看,倒也有趣。要讲得堂皇点,则譬如种柳树,待到柳树长大,浓阴蔽日,农夫耕作到正午,或者可以坐在柳树底下吃饭,休息休息。中国现在的社会情状,止有实地的革命战争,一首诗吓不走孙传芳,一炮就把孙传芳轰走了〔7〕。自然也有人以为文学于革命是有伟力的,但我个人总觉得怀疑,文学总是一种余裕的产物,可以表示一民族的文化,倒是真的。

人大概是不满于自己目前所做的事的,我一向只会做几篇文章,自己也做得厌了,而捏枪的诸君,却又要听讲文学。我呢,自然倒愿意听听大炮的声音,仿佛觉得大炮的声音或者比文学的声音要好听得多似的。我的演说只有这样多,感谢诸君听完的厚意!

*　　*　　*

〔1〕 本篇记录稿最初发表于1927年6月12日广州黄埔军官学校出版的《黄埔生活》周刊第四期，收入《而已集》时作者作了修改。

〔2〕 黄埔军官学校　孙中山在国民党改组后所创立的陆军军官学校，校址在广州黄埔，1924年6月正式开学。在1927年4月12日蒋介石发动反共政变以前，它是国共合作的学校，周恩来、叶剑英、恽代英、萧楚女等许多共产党人都曾在该校担任过负责工作和教学工作。

〔3〕 指三一八惨案。1926年3月，在冯玉祥国民军与奉系军阀张作霖、李景林等作战期间，日本帝国主义者因见奉军战事失利，便公开出面援助，于12日以军舰两艘驶进大沽口，炮击国民军守军，国民军亦开炮还击，于是日本便同段祺瑞政府提出抗议，并联合英、美、法、意、荷、比、西等国，借口维护《辛丑条约》，于3月16日以八国名义提出最后通牒，要求停止津沽间的军事行动和撤除防务等等，并限于四十八小时以内答复，否则，"关系各国海军当局，决采所认为必要之手段"。北京各界民众为反对日本帝国主义这种侵犯中国主权的行为，于3月18日在天安门集会抗议，会后结队赴段祺瑞执政府请愿；不料在国务院门前，段祺瑞竟命令卫队开枪射击，并用大刀铁棍追打砍杀，当场和事后因重伤而死者四十七人，伤者一百五十余人，造成了帝国主义和封建军阀互相勾结屠杀中国民众的大惨案。

〔4〕 八股　明清科举考试制度所规定的一种公式化文体。它用"四书"、"五经"中文句命题，每篇由破题、承题、起讲、入手、起股、中股、后股、束股八个部分构成。后四部分是主体，每一部分有两股相比偶的文字，合共八股，所以叫八股文。

〔5〕 **复仇的文学** 指十九世纪上半期波兰爱国诗人密茨凯维支、斯洛伐支奇等人的作品。当时波兰处于俄、奥、普三国瓜分之下，第一次世界大战后于1918年11月恢复独立。

〔6〕 **《新青年》** 综合性月刊，"五四"时期的重要刊物。1915年9月创刊于上海，由陈独秀主编。第一卷名《青年杂志》，第二卷起改名为《新青年》。1916年底迁至北京后，由陈独秀、钱玄同、高一涵、胡适、李大钊、沈尹默轮流担任编辑。1919年冬返迁上海，陈独秀主编。1920年8月改组为中共上海发起小组刊物。1922年7月休刊，共出九卷，每卷六期。后曾两次复刊，1926年7月停刊。鲁迅在"五四"时期同该刊有密切联系，是它的重要撰稿人，曾参加该刊编辑会议。下文所说的大学教授，指吴宓（1894—1978），陕西泾阳人，早年留学英美，曾任清华大学国学研究系主任，时任东南大学教授。作者在《二心集·上海文艺之一瞥》中说："那时吴宓先生就曾经发表过文章，说是真不懂为什么有些人竟喜欢描写下流社会。"

〔7〕 **孙传芳**（1885—1935） 字馨远，山东历城人，北洋直系军阀，曾任浙江督军。孙传芳军队的主力于1926年冬在江西南昌、九江一带为国民革命军击溃。

读书杂谈[1]

——七月十六日在广州知用中学[2]讲

因为知用中学的先生们希望我来演讲一回,所以今天到这里和诸君相见。不过我也没有什么东西可讲。忽而想到学校是读书的所在,就随便谈谈读书。是我个人的意见,姑且供诸君的参考,其实也算不得什么演讲。

说到读书,似乎是很明白的事,只要拿书来读就是了,但是并不这样简单。至少,就有两种:一是职业的读书,一是嗜好的读书。所谓职业的读书者,譬如学生因为升学,教员因为要讲功课,不翻翻书,就有些危险的就是。我想在坐的诸君之中一定有些这样的经验,有的不喜欢算学,有的不喜欢博物[3],然而不得不学,否则,不能毕业,不能升学,和将来的生计便有妨碍了。我自己也这样,因为做教员,有时即非看不喜欢看的书不可,要不这样,怕不久便会于饭碗有妨。我们习惯了,一说起读书,就觉得是高尚的事情,其实这样的读书,和木匠的磨斧头,裁缝的理针线并没有什么分别,并不见得高尚,有时还很苦痛,很可怜。你爱做的事,偏不给你做,你不爱做的,倒非做不可。这是由于职业和嗜好不能合一而来的。倘能够大家去做爱做的事,而仍然各有饭吃,那是多么幸福。但现在的社会上还做不到,所以读书的人们的最大部分,大概是勉勉强强的,带着苦痛的为职业的读书。

现在再讲嗜好的读书罢。那是出于自愿,全不勉强,离开了利害关系的。——我想,嗜好的读书,该如爱打牌的一样,天天打,夜夜打,连续的去打,有时被公安局捉去了,放出来之后还是打。诸君要知道真打牌的人的目的并不在赢钱,而在有趣。牌有怎样的有趣呢,我是外行,不大明白。但听得爱赌的人说,它妙在一张一张的摸起来,永远变化无穷。我想,凡嗜好的读书,能够手不释卷的原因也就是这样。他在每一叶每一叶里,都得着深厚的趣味。自然,也可以扩大精神,增加智识的,但这些倒都不计及,一计及,便等于意在赢钱的博徒了,这在博徒之中,也算是下品。

不过我的意思,并非说诸君应该都退了学,去看自己喜欢看的书去,这样的时候还没有到来;也许终于不会到,至多,将来可以设法使人们对于非做不可的事发生较多的兴味罢了。我现在是说,爱看书的青年,大可以看看本分以外的书,即课外的书,不要只将课内的书抱住。但请不要误解,我并非说,譬如在国文讲堂上,应该在抽屉里暗看《红楼梦》之类;乃是说,应做的功课已完而有余暇,大可以看看各样的书,即使和本业毫不相干的,也要泛览。譬如学理科的,偏看看文学书,学文学的,偏看看科学书,看看别个在那里研究的,究竟是怎么一回事。这样子,对于别人,别事,可以有更深的了解。现在中国有一个大毛病,就是人们大概以为自己所学的一门是最好,最妙,最要紧的学问,而别的都无用,都不足道的,弄这些不足道的东西的人,将来该当饿死。其实是,世界还没有如此简单,学问都各有用处,要定什么是头等还很难。也幸而有各式各样的人,假如世界上全是文学家,到处所讲的不是"文学的分类"便是"诗之构造",那倒反而无聊得很了。

不过以上所说的,是附带而得的效果,嗜好的读书,本人自然并不计及那些,就如游公园似的,随随便便去,因为随随便便,所以不吃力,因为不吃力,所以会觉得有趣。如果一本书拿到手,就满心想道,"我在读书了!""我在用功了!"那就容易疲劳,因而减掉兴味,或者变成苦事了。

我看现在的青年,为兴味的读书的是有的,我也常常遇到各样的询问。此刻就将我所想到的说一点,但是只限于文学方面,因为我不明白其他的。

第一,是往往分不清文学和文章。甚至于已经来动手做批评文章的,也免不了这毛病。其实粗粗的说,这是容易分别的。研究文章的历史或理论的,是文学家,是学者;做做诗,或戏曲小说的,是做文章的人,就是古时候所谓文人,此刻所谓创作家。创作家不妨毫不理会文学史或理论,文学家也不妨做不出一句诗。然而中国社会上还很误解,你做几篇小说,便以为你一定懂得小说概论，做几句新诗，就要你讲诗之原理。我也尝见想做小说的青年，先买小说法程和文学史来看。据我看来，是即使将这些书看烂了，和创作也没有什么关系的。

事实上，现在有几个做文章的人，有时也确去做教授。但这是因为中国创作不值钱，养不活自己的缘故。听说美国小名家的一篇中篇小说，时价是二千美金；中国呢，别人我不知道，我自己的短篇寄给大书铺，每篇卖过二十元。当然要寻别的事，例如教书，讲文学。研究是要用理智，要冷静的，而创作须情感，至少总得发点热，于是忽冷忽热，弄得头昏，——这也是职业和嗜好不能合一的苦处。苦倒也罢了，结果还是什么都弄不好。那证据，是试翻世界文学史，那里面的人，几乎没有兼做教授的。

还有一种坏处，是一做教员，未免有顾忌；教授有教授的架子，不能畅所欲言。这或者有人要反驳：那么，你畅所欲言就是了，何必如此小心。然而这是事前的风凉话，一到有事，不知不觉地他也要从众来攻击的。而教授自身，纵使自以为怎样放达，下意识里总不免有架子在。所以在外国，称为"教授小说"的东西倒并不少，但是不大有人说好，至少，是总难免有令人发烦的炫学的地方。

所以我想，研究文学是一件事，做文章又是一件事。

第二，我常被询问：要弄文学，应该看什么书？这实在是一个极难回答的问题。先前也曾有几位先生给青年开过一大篇书目[4]。但从我看来，这是没有什么用处的，因为我觉得那都是开书目的先生自己想要看或者未必想要看的书目。我以为倘要弄旧的呢，倒不如姑且靠着张之洞的《书目答问》[5]去摸门径去。倘是新的，研究文学，则自己先看看各种的小本子，如本间久雄的《新文学概论》[6]，厨川白村的《苦闷的象征》[7]，瓦浪斯基们的《苏俄的文艺论战》[8]之类，然后自己再想想，再博览下去。因为文学的理论不像算学，二二一定得四，所以议论很纷歧。如第三种，便是俄国的两派的争论，——我附带说一句，近来听说连俄国的小说也不大有人看了，似乎一看见"俄"字就吃惊，其实苏俄的新创作何尝有人介绍，此刻译出的几本，都是革命前的作品，作者在那边都已经被看作反革命的了。倘要看看文艺作品呢，则先看几种名家的选本，从中觉得谁的作品自己最爱看，然后再看这一个作者的专集，然后再从文学史上看看他在史上的位置；倘要知道得更详细，就看一两本这人的传记，那便可以大略了解了。如果专是请教别人，则各人的嗜好不同，总是格不相入的。

第三，说几句关于批评的事。现在因为出版物太多了，——其实有什么呢，而读者因为不胜其纷纭，便渴望批评，于是批评家也便应运而起。批评这东西，对于读者，至少对于和这批评家趣旨相近的读者，是有用的。但中国现在，似乎应该暂作别论。往往有人误以为批评家对于创作是操生杀之权，占文坛的最高位的，就忽而变成批评家；他的灵魂上挂了刀。但是怕自己的立论不周密，便主张主观，有时怕自己的观察别人不看重，又主张客观；有时说自己的作文的根柢全是同情，有时将校对者骂得一文不值。凡中国的批评文字，我总是越看越胡涂，如果当真，就要无路可走。印度人是早知道的，有一个很普通的比喻。他们说：一个老翁和一个孩子用一匹驴子驮着货物去出卖，货卖去了，孩子骑驴回来，老翁跟着走。但路人责备他了，说是不晓事，叫老年人徒步。他们便换了一个地位，而旁人又说老人忍心；老人忙将孩子抱到鞍鞯上，后来看见的人却说他们残酷；于是都下来，走了不久，可又有人笑他们了，说他们是呆子，空着现成的驴子却不骑。于是老人对孩子叹息道，我们只剩了一个办法了，是我们两人抬着驴子走。[9] 无论读，无论做，倘若旁征博访，结果是往往会弄到抬驴子走的。

不过我并非要大家不看批评，不过说看了之后，仍要看看本书，自己思索，自己做主。看别的书也一样，仍要自己思索，自己观察。倘只看书，便变成书厨，即使自己觉得有趣，而那趣味其实是已在逐渐硬化，逐渐死去了。我先前反对青年躲进研究室[10]，也就是这意思，至今有些学者，还将这话算作我的一条罪状哩。

听说英国的培那特萧（Bernard Shaw）[11]，有过这样意思的话：世间最不行的是读书者。因为他只能看别人的思想艺术，不用自己。这也就是勖本华尔（Schopenhauer）[12]之所谓脑子里给别人跑马。较好的是思索者。因为能用自己的生活力了，但还不免是空想，所以更好的是观察者，他用自己的眼睛去读世间这一部活书。

　　这是的确的,实地经验总比看,听,空想确凿。我先前吃过干荔支,罐头荔支,陈年荔支,并且由这些推想过新鲜的好荔支。这回吃过了,和我所猜想的不同,非到广东来吃就永不会知道。但我对于萧的所说,还要加一点骑墙的议论。萧是爱尔兰人,立论也不免有些偏激的。我以为假如从广东乡下找一个没有历练的人,叫他从上海到北京或者什么地方,然后问他观察所得,我恐怕是很有限的,因为他没有练习过观察力。所以要观察,还是先要经过思索和读书。

　　总之,我的意思是很简单的:我们自动的读书,即嗜好的读书,请教别人是大抵无用,只好先行泛览,然后决择而入于自己所爱的较专的一门或几门;但专读书也有弊病,所以必须和实社会接触,使所读的书活起来。

*　　*　　*

　〔1〕 本篇记录稿经作者校阅后最初发表于1927年8月18、19、22日广州《民国日报》副刊《现代青年》第一七九、一八〇、一八一期;后重刊于1927年9月16日《北新》周刊第四十七、四十八期合刊。

　〔2〕 知用中学　1924年9月由广州知用学社创办的一所学校。知用学社是共产党人毕磊等组织的社团。

　〔3〕 博物　旧时中学的一门课程,包括动物、植物、矿物等学科的内容。

〔4〕 这里说的开一大篇书目,指胡适的《一个最低限度的国学书目》、梁启超的《国学入门书要目及其读法》和吴宓的《西洋文学入门必读书目》等。这些书目都开列于1923年。

〔5〕 张之洞(1837—1909) 字孝达,河北南皮人,清末提倡"洋务运动"的大臣。曾任四川学政、湖广总督。《书目答问》,张之洞在四川学政任内所著,成于1875年(清光绪元年),一说为缪荃孙代笔。

〔6〕 本间久雄(1886—1981) 日本文艺理论家。曾任早稻田大学教授。《新文学概论》有章锡琛中译本,1925年8月商务印书馆出版。

〔7〕 厨川白村(1880—1923) 日本文艺评论家。曾留学美国,归国后任京都帝国大学教授。《苦闷的象征》是他的文艺论文集,曾由鲁迅译为中文,1924年12月北京新潮社出版。

〔8〕 《苏俄的文艺论战》 任国桢辑译,内收1923年至1924年间苏联瓦浪斯基(А. К. Воронский)等人关于文艺问题的论文四篇,为鲁迅主编的《未名丛刊》之一,1925年8月北京北新书局出版。

〔9〕 这个比喻见于印度何种书籍,未详。1888年(清光绪十四年)张赤山译的伊索寓言《海国妙喻·丧驴》中有同样内容的故事。

〔10〕 进研究室 "五四"以后,胡适提出青年学生应该"进研究室"、"整理国故"的主张。鲁迅认为这是诱导青年脱离现实斗争,曾多次撰文予以批驳,参看《坟·未有天才之前》等文。

〔11〕 培那特萧 即萧伯纳(G. B. Shaw,1856—1950),英国剧作家、批评家。早期参加改良主义的政治组织"费边社",第一次世界大战爆发后曾谴责帝国主义战争,十月革命后同情社会主义。著有剧本

《华伦夫人的职业》、《巴巴拉少校》、《真相毕露》等。他关于"读书者"、"思索者"、"观察者"的议论见于何种著作,未详。(按英国学者嘉勒尔说过类似的话,见鲁迅译日本鹤见祐辅《思想·山水·人物》中的《说旅行》。)

〔12〕 勖本华尔 即叔本华(1788—1860),德国哲学家,唯意志论者。脑子里给别人跑马,可能指他的《读书和书籍》中的这段话:"我们读着的时候,别人却替我们想。我们不过反复了这人的心的过程。……读书时,我们的脑已非自己的活动地。这是别人的思想的战场了。"

魏晋风度及文章与药及酒之关系[1]

——九月间在广州夏期学术演讲会[2]讲

我今天所讲的,就是黑板上写着的这样一个题目。

中国文学史,研究起来,可真不容易,研究古的,恨材料太少,研究今的,材料又太多,所以到现在,中国较完全的文学史尚未出现。今天讲的题目是文学史上的一部分,也是材料太少,研究起来很有困难的地方。因为我们想研究某一时代的文学,至少要知道作者的环境,经历和著作。

汉末魏初这个时代是很重要的时代,在文学方面起一个重大的变化,因当时正在黄巾[3]和董卓[4]大乱之后,而且又是党锢[5]的纠纷之后,这时曹操[6]出来了。——不过我们讲到曹操,很容易就联想起《三国志演义》[7],更而想起戏台上那一位花面的奸臣,但这不是观察曹操的真正方法。现在我们再看历史,在历史上的记载和论断有时也是极靠不住的,不能相信的地方很多,因为通常我们晓得,某朝的年代长一点,其中必定好人多;某朝的年代短一点,其中差不多没有好人。为什么呢?因为年代长了,做史的是本朝人,当然恭维本朝的人物,年代短了,做史的是别朝人，便很自由地贬斥其异朝的人物，所以在秦朝，差不多在史的记载上半个好人也没有。曹操在史上年代也是颇短的，自然也逃不了被后一朝人说坏话的公例。其实，曹操是一个很有本事的人，至少是一个英雄，我虽不是曹操一党，但无论如何，总是非常佩服他。

研究那时的文学，现在较为容易了，因为已经有人做过工作：在文集一方面有清严可均辑的《全上古三代秦汉三国晋南北朝文》[8]。其中于此有用的，是《全汉文》，《全三国文》，《全晋文》。

在诗一方面有丁福保辑的《全汉三国晋南北朝诗》[9]。——丁福保是做医生的，现在还在。

辑录关于这时代的文学评论有刘师培编的《中国中古文学史》[10]。这本书是北大的讲义，刘先生已死，此书由北大出版。

上面三种书对于我们的研究有很大的帮助。能使我们看出这时代的文学的确有点异彩。

我今天所讲，倘若刘先生的书里已详的，我就略一点；反之，刘先生所略的，我就较详一点。

董卓之后，曹操专权。在他的统治之下，第一个特色便是尚刑名。他的立法是很严的，因为当大乱之后，大家都想做皇帝，大家都想叛乱，故曹操不能不如此。曹操曾自己说过："倘无我，不知有多少人称王称帝！"[11]这句话他倒并没有说谎。因此之故，影响到文章方面，成了清峻的风格。——就是文章要简约严明的意思。

此外还有一个特点,就是尚通脱。他为什么要尚通脱呢?自然也与当时的风气有莫大的关系。因为在党锢之祸以前,凡党中人都自命清流,不过讲"清"讲得太过,便成固执,所以在汉末,清流的举动有时便非常可笑了。

比方有一个有名的人,普通的人去拜访他,先要说几句话,倘这几句话说得不对,往往会遭倨傲的待遇,叫他坐到屋外去,甚而至于拒绝不见。

又如有一个人,他和他的姊夫是不对的,有一回他到姊姊那里去吃饭之后,便要将饭钱算回给姊姊。她不肯要,他就于出门之后,把那些钱扔在街上,算是付过了。[12]

个人这样闹闹脾气还不要紧,若治国平天下也这样闹起执拗的脾气来,那还成甚么话?所以深知此弊的曹操要起来反对这种习气,力倡通脱。通脱即随便之意。此种提倡影响到文坛,便产生多量想说甚么便说甚么的文章。

更因思想通脱之后,废除固执,遂能充分容纳异端和外来的思想,故孔教以外的思想源源引入。

总括起来,我们可以说汉末魏初的文章是清峻,通脱。在曹操本身,也是一个改造文章的祖师,可惜他的文章传的很少。他胆子很大,文章从通脱得力不少,做文章时又没有顾忌,想写的便写出来。

所以曹操征求人才时也是这样说,不忠不孝不要紧,只要有才便可以。[13]这又是别人所不敢说的。曹操做诗,竟说是"郑康成行酒伏地气绝"[14],他引出离当时不久的事实,这也是别人所不敢用的。还有一样,比方人死时,常常写点遗令,这是名人的一件极时髦的事。当时的遗令本有一定的格式,且多言身后当葬于何处何处,或葬于某某名人的墓旁;操独不然,他的遗令不但没有依着格式,内容竟讲到遗下的衣服和伎女怎样处置等问题[15]。

陆机虽然评曰"贻尘谤于后王"[16],然而我想他无论如何是一个精明人,他自己能做文章,又有手段,把天下的方士文士统统搜罗起来,省得他们跑在外面给他捣乱。所以他帷幄里面,方士文士就特别地多。

孝文帝曹丕[17],以长子而承父业,篡汉而即帝位。他也是喜欢文章的。其弟曹植[18],还有明帝曹叡[19],都是喜欢文章的。不过到那个时候,于通脱之外,更加上华丽。丕著有《典论》,现已失散无全本,那里面说:"诗赋欲丽","文以气为主"。《典论》的零零碎碎,在唐宋类书中;一篇整的《论文》,在《文选》[20]中可以看见。

后来有一般人很不以他的见解为然。他说诗赋不必寓教训,反对当时那些寓训勉于诗赋的见解,用近代的文学眼光看来,曹丕的一个时代可说是"文学的自觉时代",或如近代所说是为艺术而艺术[21](Art for Art's Sake)的一派。所以曹丕做的诗赋很好,更因他以"气"为主,故于华丽以外,加上壮大。归纳起来,汉末,魏初的文章,可说是:"清峻,通脱,华丽,壮大。"在文学的意见上,曹丕和曹植表面上似乎是不同的。曹丕说文章事可以留名声于千载[22];但子建却说文章小道[23],不足论的。据我的意见,子建大概是违心之论。这里有两个原因,第一,子建的文章做得好,一个人大概总是不满意自己所做而羡慕他人所为的,他的文章已经做得好,于是他便敢说文章是小道;第二,子建活动的目标在于政治方面,政治方面不甚得志[24],遂说文章是无用了。

曹操曹丕以外,还有下面的七个人:孔融,陈琳,王粲,徐幹,阮瑀,应瑒,刘桢,都很能做文章,后来称为"建安七子"[25]。七人的文章很少流传,现在我们很难判断;但,大概都不外是"慷慨","华丽"罢。华丽即曹丕所主张,慷慨就因当天下大乱之际,亲戚朋友死于乱者特多,于是为文就不免带着悲凉,激昂和"慷慨"了。

七子之中,特别的是孔融,他专喜和曹操捣乱。曹丕《典论》里有论孔融的,因此他也被拉进"建安七子"一块儿去。其实不对,很两样的。不过在当时,他的名声可非常之大。孔融作文,喜用讥嘲的笔调,曹丕很不满意他。孔融的文章现在传的也很少,就他所有的看起来,我们可以瞧出他并不大对别人讥讽,只对曹操。比方操破袁氏兄弟,曹丕把袁熙的妻甄氏拿来,归了自己,孔融就写信给曹操,说当初武王伐纣,将妲己给了周公了。操问他的出典,他说,以今例古,大概那时也是这样的。又比方曹操要禁酒,说酒可以亡国,非禁不可,孔融又反对他,说也有以女人亡国的,何以不禁婚姻?[26]

其实曹操也是喝酒的。我们看他的"何以解忧?惟有杜康"[27]的诗句,就可以知道。为什么他的行为会和议论矛盾呢?此无他,因曹操是个办事人,所以不得不这样做;孔融是旁观的人,所以容易说些自由话。曹操见他屡屡反对自己,后来借故把他杀了。[28]他杀孔融的罪状大概是不孝。因为孔融有下列的两个主张:

第一,孔融主张母亲和儿子的关系是如瓶之盛物一样,只要在瓶内把东西倒了出来,母亲和儿子的关系便算完了。第二,假使有天下饥荒的一个时候,有点食物,给父亲不给呢?孔融的答案是:倘若父亲是不好的,宁可给别人。——曹操想杀他,便不惜以这种主张为他不忠不孝的根据,把他杀了。倘若曹操在世,我们可以问他,当初求才时就说不忠不孝也不要紧,为何又以不孝之名杀人呢?然而事实上纵使曹操再生,也没人敢问他,我们倘若去问他,恐怕他把我们也杀了!

与孔融一同反对曹操的尚有一个祢衡[29],后来给黄祖杀掉的。祢衡的文章也不错,而且他和孔融早是"以气为主"来写文章的了。故在此我们又可知道,汉文慢慢壮大起来,是时代使然,非专靠曹操父子之功的。但华丽好看,却是曹丕提倡的功劳。

这样下去一直到明帝的时候,文章上起了个重大的变化,因为出了一个何晏[30]。

何晏的名声很大,位置也很高,他喜欢研究《老子》和《易经》[31]。至于他是怎样的一个人呢?那真相现在可很难知道,很难调查。因为他是曹氏一派的人,司马氏很讨厌他,所以他们的记载对何晏大不满。因此产生许多传说,有人说何晏的脸上是搽粉的,又有人说他本来生得白,不是搽粉的。[32]但究竟何晏搽粉不搽粉呢?我也不知道。

但何晏有两件事我们是知道的。第一,他喜欢空谈,是空谈的祖师;第二,他喜欢吃药,是吃药的祖师。[33]

此外,他也喜欢谈名理。他身子不好,因此不能不服药。他吃的不是寻常的药,是一种名叫"五石散"的药。

"五石散"是一种毒药,是何晏吃开头的。汉时,大家还不敢吃,何晏或者将药方略加改变,便吃开头了。五石散的基本,大概是五样药:石钟乳,石硫黄,白石英,紫石英,赤石脂;另外怕还配点别样的药。但现在也不必细细研究它,我想各位都是不想吃它的。

从书上看起来,这种药是很好的,人吃了能转弱为强。因此之故,何晏有钱,他吃起来了;大家也跟着吃。那时五石散的流毒就同清末的鸦片的流毒差不多,看吃药与否以分阔气与否的。现在由隋巢元方做的《诸病源候论》[34]的里面可以看到一些。据此书,可知吃这药是非常麻烦的,穷人不能吃,假使吃了之后,一不小心,就会毒死。先吃下去的时候,倒不怎样的,后来药的效验既显,名曰"散发"。倘若没有"散发",就有弊而无利。因此吃了之后不能休息,非走路不可,因走路才能"散发",所以走路名曰"行散"。比方我们看六朝人的诗,有云:"至城东行散",就是此意。后来做诗的人不知其故,以为"行散"即步行之意,所以不服药也以"行散"二字入诗,这是很笑话的。

走了之后,全身发烧,发烧之后又发冷。普通发冷宜多穿衣,吃热的东西。但吃药后的发冷刚刚要相反:衣少,冷食,以冷水浇身。倘穿衣多而食热物,那就非死不可。因此五石散一名寒食散。只有一样不必冷吃的,就是酒。

吃了散之后,衣服要脱掉,用冷水浇身;吃冷东西;饮热酒。这样看起来,五石散吃的人多,穿厚衣的人就少;比方在广东提倡,一年以后,穿西装的人就没有了。因为皮肉发烧之故,不能穿窄衣。为豫防皮肤被衣服擦伤,就非穿宽大的衣服不可。现在有许多人以为晋人轻裘缓带,宽衣,在当时是人们高逸的表现,其实不知他们是吃药的缘故。一班名人都吃药,穿的衣都宽大,于是不吃药的也跟着名人,把衣服宽大起来了!

还有,吃药之后,因皮肤易于磨破,穿鞋也不方便,故不穿鞋袜而穿屐。所以我们看晋人的画像或那时的文章,见他衣服宽大,不鞋而屐,以为他一定是很舒服,很飘逸的了,其实他心里都是很苦的。

更因皮肤易破,不能穿新的而宜于穿旧的,衣服便不能常洗。因不洗,便多虱。所以在文章上,虱子的地位很高,"扪虱而谈"[35]，当时竟传为美事。比方我今天在这里演讲的时候，扪起虱来，那是不大好的。但在那时不要紧，因为习惯不同之故。这正如清朝是提倡抽大烟的，我们看见两肩高耸的人，不觉得奇怪。现在就不行了，倘若多数学生，他的肩成为一字样，我们就觉得很奇怪了。

此外可见服散的情形及其他种种的书，还有葛洪的《抱朴子》[36]。

到东晋以后，作假的人就很多，在街旁睡倒，说是"散发"以示阔气。[37]就像清时尊读书，就有人以墨涂唇，表示他是刚才写了许多字的样子。故我想，衣大，穿屐，散髪等等，后来效之，不吃也学起来，与理论的提倡实在是无关的。

又因"散发"之时，不能肚饿，所以吃冷物，而且要赶快吃，不论时候，一日数次也不可定。因此影响到晋时"居丧无礼"。——本来魏晋时，对于父母之礼是很繁多的。比方想去访一个人，那么，在未访之前，必先打听他父母及其祖父母的名字，以便避讳。否则，嘴上一说出这个字音，假如他的父母是死了的，主人便会大哭起来[38]——他记得父母了——给你一个大大的没趣。晋礼居丧之时，也要瘦，不多吃饭，不准喝酒。但在吃药之后，为生命计，不能管得许多，只好大嚼，所以就变成"居丧无礼"了。

居丧之际，饮酒食肉，由阔人名流倡之，万民皆从之，因为这个缘故，社会上遂尊称这样的人叫作名士派。

吃散发源于何晏,和他同志的,有王弼和夏侯玄[39]两个人,与晏同为服药的祖师。有他三人提倡,有多人跟着走。他们三人多是会做文章,除了夏侯玄的作品流传不多外,王何二人现在我们尚能看到他们的文章。他们都是生于正始的,所以又名曰"正始名士"[40]。但这种习惯的末流,是只会吃药,或竟假装吃药,而不会做文章。

东晋以后,不做文章而流为清谈,由《世说新语》[41]一书里可以看到。此中空论多而文章少,比较他们三个差得远了。三人中王弼二十余岁便死了,夏侯何二人皆为司马懿[42]所杀。因为他二人同曹操有关系,非死不可,犹曹操之杀孔融,也是借不孝做罪名的。

二人死后,论者多因其与魏有关而骂他,其实何晏值得骂的就是因为他是吃药的发起人。这种服散的风气,魏,晋,直到隋,唐,还存在着,因为唐时还有"解散方"[43],即解五石散的药方,可以证明还有人吃,不过少点罢了。唐以后就没有人吃,其原因尚未详,大概因其弊多利少,和鸦片一样罢?

晋名人皇甫谧[44]作一书曰《高士传》,我们以为他很高超。但他是服散的,曾有一篇文章,自说吃散之苦。因为药性一发,稍不留心,即会丧命,至少也会受非常的苦痛,或要发狂;本来聪明的人,因此也会变成痴呆。所以非深知药性,会解救,而且家里的人多深知药性不可。晋朝人多是脾气很坏,高傲,发狂,性暴如火的,大约便是服药的缘故。比方有苍蝇扰他,竟至拔剑追赶；[45]就是说话，也要胡胡涂涂地才好，有时简直是近于发疯。但在晋朝更有以痴为好的，这大概也是服药的缘故。

魏末，何晏他们以外，又有一个团体新起，叫做"竹林名士"，也是七个，所以又称"竹林七贤"。[46]正始名士服药，竹林名士饮酒。竹林的代表是嵇康[47]和阮籍[48]。但究竟竹林名士不纯粹是喝酒的，嵇康也兼服药，而阮籍则是专喝酒的代表。但嵇康也饮酒，刘伶[49]也是这里面的一个。他们七人中差不多都是反抗旧礼教的。

这七人中，脾气各有不同。嵇阮二人的脾气都很大；阮籍老年时改得很好，嵇康就始终都是极坏的。

阮年青时，对于访他的人有加以青眼和白眼的分别[50]。白眼大概是全然看不见眸子的，恐怕要练习很久才能够。青眼我会装，白眼我却装不好。

后来阮籍竟做到"口不臧否人物"[51]的地步，嵇康却全不改变。结果阮得终其天年，而嵇竟丧于司马氏之手，与孔融何晏等一样，遭了不幸的杀害。这大概是因为吃药和吃酒之分的缘故：吃药可以成仙，仙是可以骄视俗人的；饮酒不会成仙，所以敷衍了事。

他们的态度，大抵是饮酒时衣服不穿，帽也不带。若在平时，有这种状态，我们就说无礼，但他们就不同。居丧时不一定按例哭泣；子之于父，是不能提父的名，但在竹林名士一流人中，子都会叫父的名号[52]。旧传下来的礼教，竹林名士是不承认的。即如刘伶——他曾做过一篇《酒德颂》,谁都知道——他是不承认世界上从前规定的道理的,曾经有这样的事,有一次有客见他,他不穿衣服。人责问他;他答人说,天地是我的房屋,房屋就是我的衣服,你们为什么进我的裤子中来?[53]至于阮籍,就更甚了,他连上下古今也不承认,在《大人先生传》[54]里有说:"天地解兮六合开,星辰陨兮日月颓,我腾而上将何怀?"他的意思是天地神仙,都是无意义,一切都不要,所以他觉得世上的道理不必争,神仙也不足信,既然一切都是虚无,所以他便沉湎于酒了。然而他还有一个原因,就是他的饮酒不独由于他的思想,大半倒在环境。其时司马氏已想篡位,而阮籍名声很大,所以他讲话就极难,只好多饮酒,少讲话,而且即使讲话讲错了,也可以借醉得到人的原谅。只要看有一次司马懿求和阮籍结亲,而阮籍一醉就是两个月,没有提出的机会,[55]就可以知道了。

阮籍作文章和诗都很好,他的诗文虽然也慷慨激昂,但许多意思都是隐而不显的。宋的颜延之[56]已经说不大能懂,我们现在自然更很难看得懂他的诗了。他诗里也说神仙,但他其实是不相信的。嵇康的论文,比阮籍更好,思想新颖,往往与古时旧说反对。孔子说:"学而时习之,不亦说乎?"[57]嵇康做的《难自然好学论》[58],却道,人是并不好学的,假如一个人可以不做事而又有饭吃,就随便闲游不喜欢读书了,所以现在人之好学,是由于习惯和不得已。还有管叔蔡叔[59],是疑心周公,率殷民叛,因而被诛,一向公认为坏人的。而嵇康做的《管蔡论》,就也反对历代传下来的意思，说这两个人是忠臣，他们的怀疑周公，是因为地方相距太远，消息不灵通。

但最引起许多人的注意，而且于生命有危险的，是《与山巨源绝交书》中的"非汤武而薄周孔"。司马懿因这篇文章，就将嵇康杀了[60]。非薄了汤武周孔，在现时代是不要紧的，但在当时却关系非小。汤武是以武定天下的；周公是辅成王的；孔子是祖述尧舜，而尧舜是禅让天下的。嵇康都说不好，那么，教司马懿篡位的时候，怎么办才是好呢？没有办法。在这一点上，嵇康于司马氏的办事上有了直接的影响，因此就非死不可了。嵇康的见杀，是因为他的朋友吕安不孝，连及嵇康，罪案和曹操的杀孔融差不多。魏晋，是以孝治天下的，不孝，故不能不杀。为什么要以孝治天下呢？因为天位从禅让，即巧取豪夺而来，若主张以忠治天下，他们的立脚点便不稳，办事便棘手，立论也难了，所以一定要以孝治天下。但倘只是实行不孝，其实那时倒不很要紧的，嵇康的害处是在发议论；阮籍不同，不大说关于伦理上的话，所以结局也不同。

但魏晋也不全是这样的情形，宽袍大袖，大家饮酒。反对的也很多。在文章上我们还可以看见裴頠的《崇有论》[61]，孙盛的《老子非大贤论》[62]，这些都是反对王何们的。在史实上，则何曾劝司马懿杀阮籍有好几回[63]，司马懿不听他的话，这是因为阮籍的饮酒，与时局的关系少些的缘故。

然而后人就将嵇康阮籍骂起来，人云亦云，一直到现在，一千六百多年。季札说："中国之君子,明于礼义而陋于知人心。"[64]这是确的,大凡明于礼义,就一定要陋于知人心的,所以古代有许多人受了很大的冤枉。例如嵇阮的罪名,一向说他们毁坏礼教。但据我个人的意见,这判断是错的。魏晋时代,崇奉礼教的看来似乎很不错,而实在是毁坏礼教,不信礼教的。表面上毁坏礼教者,实则倒是承认礼教,太相信礼教。因为魏晋时所谓崇奉礼教,是用以自利,那崇奉也不过偶然崇奉,如曹操杀孔融,司马懿杀嵇康,都是因为他们和不孝有关,但实在曹操司马懿何尝是著名的孝子,不过将这个名义,加罪于反对自己的人罢了。于是老实人以为如此利用,亵渎了礼教,不平之极,无计可施,激而变成不谈礼教,不信礼教,甚至于反对礼教。——但其实不过是态度,至于他们的本心,恐怕倒是相信礼教,当作宝贝,比曹操司马懿们要迂执得多。现在说一个容易明白的比喻罢,譬如有一个军阀,在北方——在广东的人所谓北方和我常说的北方的界限有些不同,我常称山东山西直隶河南之类为北方——那军阀从前是压迫民党的,后来北伐军势力一大,他便挂起了青天白日旗,说自己已经信仰三民主义了,是总理的信徒。这样还不够,他还要做总理的纪念周。这时候,真的三民主义的信徒,去呢,不去呢? 不去,他那里就可以说你反对三民主义,定罪,杀人。但既然在他的势力之下,没有别法,真的总理的信徒,倒会不谈三民主义,或者听人假惺惺的谈起来就皱眉,好像反对三民主义模样。所以我想,魏晋时所谓反对礼教的人,有许多大约也如此。他们倒是迂夫子,将礼教当作宝贝看待的。

还有一个实证,凡人们的言论,思想,行为,倘若自己以为不错的,就愿意天下的别人,自己的朋友都这样做。但嵇康阮籍不这样,不愿意别人来模仿他。竹林七贤中有阮咸,是阮籍的侄子,一样的饮酒。阮籍的儿子阮浑也愿加入时,阮籍却道不必加入,吾家已有阿咸在,够了。[65]假若阮籍自以为行为是对的,就不当拒绝他的儿子,而阮籍却拒绝自己的儿子,可知阮籍并不以他自己的办法为然。至于嵇康,一看他的《绝交书》,就知道他的态度很骄傲的;有一次,他在家打铁——他的性情是很喜欢打铁的——钟会来看他了,他只打铁,不理钟会。[66]钟会没有意味,只得走了。其时嵇康就问他:"何所闻而来,何所见而去?"钟会答道:"闻所闻而来,见所见而去。"这也是嵇康杀身的一条祸根。但我看他做给他的儿子看的《家诫》[67]——当嵇康被杀时,其子方十岁,算来当他做这篇文章的时候,他的儿子是未满十岁的——就觉得宛然是两个人。他在《家诫》中教他的儿子做人要小心,还有一条一条的教训。有一条是说长官处不可常去,亦不可住宿;官长送人们出来时,你不要在后面,因为恐怕将来官长惩办坏人时,你有暗中密告的嫌疑。又有一条是说宴饮时候有人争论,你可立刻走开,免得在旁批评,因为两者之间必有对与不对,不批评则不像样,一批评就总要是甲非乙,不免受一方见怪。还有人要你饮酒,即使不愿饮也不要坚决地推辞,必须和和气气的拿着杯子。我们就此看来,实在觉得很希奇:嵇康是那样高傲的人,而他教子就要他这样庸碌。因此我们知道,嵇康自己对于他自己的举动也是不满足的。所以批评一个人的言行实在难,社会上对于儿子不像父亲,称为"不肖",以为是坏事,殊不知世上正有不愿意他的儿子像自己的父亲哩。试看阮籍嵇康,就是如此。这是,因为他们生于乱世,不得已,才有这样的行为,并非他们的本态。但又于此可见魏晋的破坏礼教者,实在是相信礼教到固执之极的。

不过何晏王弼阮籍嵇康之流,因为他们的名位大,一般的人们就学起来,而所学的无非是表面,他们实在的内心,却不知道。因为只学他们的皮毛,于是社会上便很多了没意思的空谈和饮酒。许多人只会无端的空谈和饮酒,无力办事,也就影响到政治上,弄得玩"空城计",毫无实际了。在文学上也这样,嵇康阮籍的纵酒,是也能做文章的,后来到东晋,空谈和饮酒的遗风还在,而万言的大文如嵇阮之作,却没有了。刘勰[68]说:"嵇康师心以遣论,阮籍使气以命诗。"这"师心"和"使气",便是魏末晋初的文章的特色。正始名士和竹林名士的精神灭后,敢于师心使气的作家也没有了。

到东晋,风气变了。社会思想平静得多,各处都夹入了佛教的思想。再至晋末,乱也看惯了,篡也看惯了,文章便更和平。代表平和的文章的人有陶潜[69]。他的态度是随便饮酒,乞食,高兴的时候就谈论和作文章,无尤无怨。所以现在有人称他为"田园诗人",是个非常和平的田园诗人。他的态度是不容易学的,他非常之穷,而心里很平静。家常无米,就去向人家门口求乞。他穷到有客来见,连鞋也没有,那客人给他从家丁取鞋给他,他便伸了足穿上了。虽然如此,他却毫不为意,还是"采菊东篱下,悠然见南山"。这样的自然状态,实在不易模仿。他穷到衣服也破烂不堪,而还在东篱下采菊,偶然抬起头来,悠然的见了南山,这是何等自然。现在有钱的人住在租界里,雇花匠种数十盆菊花,便做诗,叫作"秋日赏菊效陶彭泽体",自以为合于渊明的高致,我觉得不大像。

陶潜之在晋末,是和孔融于汉末与嵇康于魏末略同,又是将近易代的时候。但他没有什么慷慨激昂的表示,于是便博得"田园诗人"的名称。但《陶集》里有《述酒》一篇,是说当时政治的。[70]这样看来,可见他于世事也并没有遗忘和冷淡,不过他的态度比嵇康阮籍自然得多,不至于招人注意罢了。还有一个原因,先已说过,是习惯。因为当时饮酒的风气相沿下来,人见了也不觉得奇怪,而且汉魏晋相沿,时代不远,变迁极多,既经见惯,就没有大感触,陶潜之比孔融嵇康和平,是当然的。例如看北朝的墓志,官位升进,往往详细写着,再仔细一看,他是已经经历过两三个朝代了,但当时似乎并不为奇。

据我的意思,即使是从前的人,那诗文完全超于政治的所谓"田园诗人","山林诗人",是没有的。完全超出于人间世的,也是没有的。既然是超出于世,则当然连诗文也没有。诗文也是人事,既有诗,就可以知道于世事未能忘情。譬如墨子兼爱,杨子为我。[71]墨子当然要著书;杨子就一定不著,这才是"为我"。因为若做出书来给别人看,便变成"为人"了。

由此可知陶潜总不能超于尘世,而且,于朝政还是留心,也不能忘掉"死",这是他诗文中时时提起的[72]。用别一种看法研究起来,恐怕也会成一个和旧说不同的人物罢。

自汉末至晋末文章的一部分的变化与药及酒之关系,据我所知的大概是这样。但我学识太少,没有详细的研究,在这样的热天和雨天费去了诸位这许多时光,是很抱歉的。现在这个题目总算是讲完了。

*　　　*　　　*

〔1〕 本篇记录稿最初发表于1927年8月11、12、13、15、16、17日广州《民国日报》副刊《现代青年》第一七三至一七八期;改定稿发表于1927年11月16日《北新》半月刊第二卷第二号。

〔2〕 广州夏期学术演讲会　国民党政府广州市教育局主办,1927年7月18日在广州市立师范学校礼堂举行开幕式。当时的广州市长林云陔、教育局长刘懋初等均在会上作反共演说。他们打着"学术"的旗号,也"邀请"学者演讲。作者这篇演讲是在7月23日、26日的会上所作的(题下注"九月间"有误)。作者后来说过:"在广州之谈魏晋事,盖实有慨而言。"(1928年12月30日致陈濬信)他在这次关于中国古典文学的演讲里,曲折地对国民党当局进行了揭露和讽刺。

〔3〕 黄巾　指东汉末年巨鹿人张角领导的农民起义军。汉灵

帝中平元年（184）起义，参加的人都以黄巾缠头为标志，称为"黄巾军"。他们提出"苍天已死，黄天当立"的口号，攻占城邑，焚烧官府，旬日之间，全国响应，给东汉政权以沉重的打击。后来在官军和地主武装的镇压下失败。

〔4〕 董卓（？—192） 字仲颖，陇西临洮（今甘肃岷县）人。东汉末灵帝时为并州牧，灵帝死后，外戚首领大将军何进为了对抗宦官，召他率兵入朝相助，他到洛阳后，即废少帝（刘辩），立献帝（刘协），自任丞相，专断朝政。献帝初平元年（190），山东河北等地军阀袁绍、韩馥等为了和董卓争权，联合起兵讨卓，他便劫持献帝迁都长安，自为太师。后为王允、吕布所杀。他在离洛阳时，焚烧宫殿府库民房，二百里内尽成墟土；又驱数百万人口入关，积尸盈途。在他被杀以后，他的部将李傕、郭汜等又攻破长安，焚掠屠杀，人民受害甚烈。

〔5〕 党锢 东汉末年，宦官擅权，政治黑暗，民生痛苦。一部分比较正直的官员与太学生互通声气，议论朝政，揭露宦官集团的罪恶。汉桓帝延熹九年（166），宦官诬告司隶校尉李膺、太仆杜密和太学生领袖郭泰、贾彪等人结党为乱，桓帝便捕李膺、范滂等下狱，株连二百余人。以后又于灵帝建宁二年（169），熹平元年（172），熹平五年（176）三次捕杀党人，更诏各州郡凡党人的门生、故吏、父子、兄弟有做官的，都免官禁锢。直到灵帝中平元年（184）黄巾起义，才下诏将他们赦免。这件事，史称"党锢之祸"。

〔6〕 曹操（155—220） 字孟德，沛国谯（今安徽亳州）人。二十岁举孝廉，汉献帝时官至丞相，封魏王。曹丕篡汉后追尊为武帝。他是政治家、军事家，又是诗人。他和其子曹丕、曹植，都喜欢延揽文士，奖

励文学,为当时文坛的领袖人物。后人把他的诗文编为《魏武帝集》。

〔7〕 《三国志演义》 即长篇小说《三国演义》,元末明初罗贯中著。书中将曹操描写为"奸雄"。

〔8〕 严可均(1762—1843) 字景文,号铁桥,浙江乌程(今湖州)人。清嘉庆举人,曾任建德教谕。他自嘉庆十三年(1808)起,开始搜集唐以前的文章,历二十余年,成《全上古三代秦汉三国六朝文》,内收作者三千四百多人,分代编辑为十五集,总计七四六卷。稍后,他的同乡蒋壑为作编目一〇三卷,并以为原书题名不能概括全书,故将书名改为《全上古三代秦汉三国晋南北朝文》。原书于1894年(光绪二十年)由黄冈王毓藻刊于广州。

〔9〕 丁福保(1874—1952) 字仲祜,江苏无锡人。清末肄业于江阴南菁书院,曾任京师大学堂和译学馆教习。后习医,曾至日本考察医学,归国后在上海创办医学书局。他所辑的《全汉三国晋南北朝诗》,收作者七百余人,依时代分为十一集,总计五十四卷。1916年上海医学书局出版。

〔10〕 刘师培(1884—1919) 字申叔,江苏仪征人。1907年在日本加入同盟会,后成为清朝两江总督端方的幕僚。民国后与杨度、孙毓筠等人组织筹安会,助袁世凯实行帝制。他的著作很多,《中国中古文学史》是他在民国初年任北京大学教授时所编的讲义,后收入《刘申叔先生遗书》中。

〔11〕 《三国志·魏书·武帝纪》裴松之注引《魏武故事》,曹操于汉献帝建安十五年(210)下令"自明本志",表白自己并无篡汉的意图,内有"设使国家无有孤,不知当几人称帝,几人称王!"的话。

〔12〕《太平御览》卷四二五引谢承《后汉书》:"范丹姊病,往看之,姊设食;丹以姊婿不德,出门留二百钱,姊使人追索还之,丹不得已受之。闻里中刍荛童仆更相怒曰:'言汝清高,岂范史云辈而云不盗我菜乎?'丹闻之,曰:'吾之微志,乃在童竖之口,不可不勉。'遂投钱去。"按范丹(112—185),一作范冉,字史云,后汉陈留外黄(今河南杞县东北)人。

〔13〕曹操曾于建安十五年(210)、二十二年(217)下求贤令,又于建安十九年(214)令有司取士毋废"偏短",均强调以才能为用人的标准。《魏书·武帝纪》载建安十五年令说:"今天下尚未定,此特求贤之急时也。……若必廉士而后可用,则齐桓其何以霸世!今天下得无有被褐怀玉而钓于渭滨者乎?又得无盗嫂受金而未遇无知者乎?二三子其佐我明扬仄陋,唯才是举,吾得而用之。"又裴注引王沈《魏书》所载二十二年令说:"今天下得无有至德之人,放在民间?及果勇不顾,临敌力战,若文俗之吏,高才异质,或堪为将守;负汙辱之名,见笑之行,或不仁不孝,而有治国用兵之术:其各举所知,勿有所遗。"

〔14〕"郑康成行酒伏地气绝" 语出《三国志·魏书·袁绍传》裴注引《英雄记》载曹操《董卓歌》:"德行不亏缺,变故自难常。郑康成行酒伏地气绝,郭景图命尽于园桑。"按郑康成(127—200),名玄,字康成,北海高密(今山东高密)人,东汉经学家。曾聚徒讲学,建安中官拜大司农,寻卒。其生活时代较曹操约早二十余年。

〔15〕曹操的遗令,散见于《三国志·魏书·武帝纪》及其他古书中,严可均缀合为一篇,收入《全三国文》卷三,其中有这样的话:"吾婢妾与伎人皆勤苦,使著铜雀台,善待之。……余香可分与诸夫人……诸

舍中(按指诸妾)无所为,可学作履组卖也。吾历官所得绶(印绶),皆著藏中,吾余衣裘,可别为一藏,不能者兄弟可共分之。"

〔16〕 陆机(261—303) 字士衡,吴郡华亭(今上海松江)人,晋代诗人。陆逊之孙,在吴为牙门将,入晋后曾任相国参军、平原内史等职,后为成都王司马颖所杀。他评曹操的话,见萧统《文选》卷六十《吊魏武帝文》:"彼裘绂于何有,贻尘谤于后王。"唐代李善注:"言裘绂轻微何所有,而空贻尘谤而及后王。"

〔17〕 曹丕(187—226) 字子桓,曹操的次子(按操长子名昂字子修,随操征张绣阵亡,故一般都以曹丕为操的长子)。建安二十五年(220)废汉献帝自立为帝,即魏文帝。他爱好文学,创作之外,兼擅批评,所著《典论》,《隋书·经籍志》著录五卷,已佚,严可均《全三国文》内有辑佚一卷。其中《论文》篇论及各种文体的特征说:"奏议宜雅,书论宜理,铭诔尚实,诗赋欲丽。"又论文气说:"文以气为主,气之清浊有体,不可力强而致。"

〔18〕 曹植(192—232) 字子建,曹操的第三子。曾封东阿王,后封陈王,死谥思,后世称陈思王。他是建安时代重要诗人之一,流传下来的著作,以清代丁晏所编的《曹集诠评》搜罗较为完备。

〔19〕 曹叡(204—239) 字元仲,曹丕的儿子,即魏明帝。

〔20〕 《文选》 南朝梁昭明太子萧统编选。内选秦汉至齐梁间的诗文,共三十卷,是我国最早的一部诗文总集。唐代李善为之作注,分为六十卷。曹丕《典论·论文》,见该书第五十二卷。

〔21〕 为艺术而艺术 十九世纪法国诗人戈蒂叶(T. Gautier)提出的一种文艺观点(见小说《莫班小姐》序)。他认为艺术可以超越一

切功利而存在,创作的目的就在于艺术作品的本身,与社会政治无关。

〔22〕 **文章事可以留名声于千载** 曹丕《典论·论文》:"盖文章经国之大业,不朽之盛事。年寿有时而尽,荣乐止乎其身,二者必至之常期,未若文章之无穷。是以古之作者,寄身于翰墨,见意于篇籍,不假良史之辞,不托飞驰之势,而声名自传于后。"

〔23〕 **文章小道** 曹植《与杨德祖(修)书》:"辞赋小道,固未足以揄扬大义,彰示来世也。昔扬子云先朝执戟之臣耳,犹称壮夫不为也;吾虽德薄,位为藩侯,犹庶几戮力上国,流惠下民,建永世之业,留金石之功;岂徒以翰墨为勋绩,辞赋为君子哉!"

〔24〕 曹植早年以文才为曹操所爱,屡次想立他为太子;他也结纳杨修、丁仪、丁廙等为羽翼,在曹操面前和曹丕争宠。但他后来因为任性骄纵,失去了曹操的欢心,终于未得嗣立。到了曹丕即位以后,他常被猜忌,更觉雄才无所施展。明帝时又一再上表求"自试",希望能够用他带兵去征吴伐蜀,建功立业,但他的要求也未实现。

〔25〕 **"建安七子"** 这个名称始于曹丕的《典论·论文》:"今之文人,鲁国孔融文举,广陵陈琳孔璋,山阳王粲仲宣,北海徐干伟长,陈留阮瑀元瑜,汝南应玚德琏,东平刘桢公干:斯七子者,于学无所遗,于辞无所假,咸以自骋骥骤于千里,仰齐足而并驰。"后人据此便称孔融等为"建安七子"。按孔融(153—208),鲁国(今山东曲阜)人,汉献帝时为北海相,太中大夫。陈琳(?—217),广陵(今江苏江都)人,曾任司空(曹操)军谋祭酒。王粲(177—217),山阳高平(今山东邹县)人,曾任丞相(曹操)军谋祭酒、侍中。徐幹(171—217),北海(今山东潍坊西

南)人,曾任司空军谋祭酒、五官将(曹丕)文学。阮瑀(？—212),陈留尉氏(今河南尉氏)人,曾任司空军谋祭酒。应玚(？—217),汝南(今河南汝南)人,曾任丞相掾属、五官将文学。刘桢(？—217),东平(今山东东平)人,曾任丞相掾属。

〔26〕 曹丕在《典论·论文》中评论孔融的文章说:"孔融体气高妙,有过人者。然不能持论,理不胜词,以至乎杂以嘲戏;及其所善,扬、班俦也。"按"建安七子"中,陈琳等都是曹操门下的属官,只有孔融例外;在年龄上,他比其余六人约长十余岁而又最先逝世,年辈也不相同。他没有应酬和颂扬曹氏父子的作品,而且还常常讽刺曹操。《后汉书·孔融传》载:"曹操攻屠邺城,袁氏妇子多见侵略,而操子丕私纳袁熙(按为袁绍子)妻甄氏。融乃与操书,称'武王伐纣,以妲己赐周公'。操不悟,后问出何经典。对曰:'以今度之,想当然耳。'……时年饥兵兴,操表制酒禁,融频书争之,多侮慢之辞。"唐代章怀太子(李贤)注引孔融与曹操论酒禁书,其中有"夏商亦以妇人失天下,今令不断婚姻。而将酒独急者,疑但惜谷耳"等语。

〔27〕 "何以解忧?惟有杜康" 见曹操的《短歌行》。杜康,相传为周代人,善造酒。

〔28〕 关于曹操杀孔融的经过,《后汉书·孔融传》说:"曹操既积嫌忌,而郗虑复构成其罪,遂令丞相军谋祭酒路粹枉状奏融曰:'……(融)前与白衣祢衡跌荡放言,云:"父之于子,当有何亲?论其本意,实为情欲发耳。子之于母,亦复奚为?譬如寄物瓶中,出则离矣。"……大逆不道,宜极重诛。'书奏,下狱弃市。"又《三国志·魏书·崔琰传》注引孙盛《魏氏春秋》,内载曹操宣布孔融罪状的令文说:"平原祢衡受传

融论,以为父母与人无亲,譬若缻器,寄盛其中。又言若遭饿馑,而父不肖,宁赡活余人。融违天反道,败伦乱理,虽肆市朝,犹恨其晚。"

〔29〕 祢衡(173—198) 字正平,平原般(今山东临邑)人,汉末文学家。他恃才不仕,性刚傲慢,与孔融、杨修友善,曾屡次羞辱曹操;因为他文名很大,曹操虽想杀他而又有所顾忌,便将他送与刘表,后因侮慢刘表,又被送给江夏太守黄祖,终为黄祖所杀,死时年二十六岁。

〔30〕 何晏(?—249) 字平叔,南阳宛(今河南南阳)人。曹操的女婿。齐王曹芳时,曹爽执政,用他为吏部尚书,后与曹爽同时被司马懿所杀。《三国志·魏书·曹爽传》说他"少以才秀知名,好老庄言,作《道德论》及诸文赋著述凡数十篇"。

〔31〕 《老子》 即《道德经》,相传为春秋时老聃著,是道家的主要经典。《易经》,即《周易》,大约产生于殷周时代,是古代记载占卜的书。

〔32〕 关于何晏搽粉的事,《三国志·魏书·曹爽传》注引鱼豢《魏略》说:"晏性自喜,动静粉白不去手,行步顾影。"但晋代人裴启所著《语林》则说:"(晏)美姿仪,面绝白,魏文帝疑其著粉;后正夏月,唤来,与热汤饼,既炎,大汗出,随以朱衣自拭,色转皎洁,帝始信之。"

〔33〕 关于何晏服药的事,《世说新语·言语》载:"何平叔云:服五石散,非唯治病,亦觉神明开朗。"刘孝标注引秦丞相(按当作秦承祖)《寒食散论》说:"寒食散之方,虽出汉代,而用之者寡,靡有传焉。魏尚书何晏首获神效,由是大行于世,服者相寻。"又隋代巢元方《诸病源候论》卷六《寒食散发候》篇说:"皇甫(谧)云:寒食药者,世莫知焉,或言华佗,或曰仲景(张机)。……近世尚书何晏,耽声好色,始服此

药。心加开朗,体力转强。京师翕然,传以相授。……晏死之后,服者弥繁,于时不辍。"

〔34〕 巢元方　隋代人,炀帝时任太医博士,大业六年奉诏撰《诸病源候论》五十卷。关于寒食散的服法与解法,详见该书卷六《寒食散发候》篇。

〔35〕 "扪虱而谈"　这是王猛的故事。王猛(325—375),字景略,北海剧(今山东寿光)人,隐居华山。《晋书·王猛传》说:"桓温入关,猛被褐而诣之,一面谈当世之事,扪虱而言,旁若无人。"

〔36〕 葛洪(约283—363)　字稚川,号抱朴子,句容(今江苏句容)人。晋惠帝时拜伏波将军,赐关内侯。《晋书·葛洪传》说他"为人木讷,不好荣利,……究览典籍,尤好神仙导养之法。"所著《抱朴子》,共八卷,分内外二篇,内篇论神仙方药,外篇论时政人事。关于服散的记载,见该书内篇。

〔37〕 关于服散作假的事,《太平广记》卷二四七引侯白《启颜录》载:"后魏孝文帝时,诸王及贵臣多服石药,皆称石发。乃有热者,非富贵者,亦云服石发热,时人多嫌其诈作富贵体。有一人于市门前卧,宛转称热,要人竞看,同伴怪之,报曰:'我石发。'同伴人曰:'君何时服石,今得石发?'曰:'我昨市米中有石,食之今发。'众人大笑。自后少有人称患石发者。"

〔38〕 关于闻讳而哭的事,《世说新语·任诞》载:"桓南郡(桓玄)被召作太子洗马,船泊荻渚。王大(王忱)服散后已小醉,往看桓,桓为设酒,不能冷饮,频语左右,令温酒来。桓乃流涕鸣咽,王便欲去。桓以手巾掩泪,因谓王曰:'犯我家讳,何预卿事。'王叹曰:'灵宝(桓玄小

名)故自达。'"按桓玄的父亲名温,所以他听见王忱叫人温酒便哭泣起来。

〔39〕 王弼(226—249) 字辅嗣,魏国山阳(今河南焦作)人。王粲的族孙。《三国志·魏书·钟会传》说:"弼好论儒道,辞才逸辩,注《易》及《老子》,为尚书郎。"夏侯玄(209—254),字太初,沛国谯(今安徽亳县)人。《三国志·魏书·夏侯尚传》说:"(玄)少知名,弱冠为散骑黄门侍郎……正始初,曹爽辅政。玄,爽之姑子也。累迁散骑常侍、中护军。……顷之,为征西将军,假节都督雍、凉州诸军事。"曹爽被司马懿所杀后,他也为司马师所杀。

〔40〕 "正始名士" 《世说新语·文学》"袁彦伯作《名士传》成"条下梁刘孝标注:"宏(彦伯名)以夏侯太初、何平叔、王辅嗣为正始名士。阮嗣宗、嵇叔夜、山巨源、向子期、刘伯伦、阮仲容、王浚仲为竹林名士。"按正始(240—249),魏废帝齐王曹芳的年号。

〔41〕 《世说新语》 南朝宋刘义庆撰。内容是记述东汉至东晋间一般文士学士的言谈风貌轶事等。有南朝梁刘孝标所作注释。今传本共三卷,三十六篇。按刘义庆(403—444),彭城(今江苏徐州)人,宋武帝刘裕的侄子,袭爵为临川王,曾任南兖州刺史。

〔42〕 司马懿(179—251) 字仲达,河内温县(今河南温县)人。初为曹操主簿,魏明帝时迁大将军。齐王曹芳即位后,他专断国政;死后其子司马昭继为大将军,日谋篡位。咸熙二年(265),昭子司马炎代魏称帝,建立晋朝。按夏侯玄是被司马师所杀,作者误记为司马懿。

〔43〕 "解散方" 《唐书·经籍志》著录《解寒食散方》十三卷,徐叔和撰;《新唐书·艺文志》著录《解寒食散方》十五卷,徐叔向撰。

〔44〕 皇甫谧(215—282) 字士安,安定朝那(今甘肃平凉)人。晋朝初年屡征不出,著有《高士传》、《逸士传》、《玄晏春秋》等。《晋书·皇甫谧传》载有他的一篇上司马炎疏,其中自述因吃散而得到的种种苦痛说:"臣以尪弊,迷于道趣。……又服寒食药,违错节度,辛苦荼毒,于今七年。隆冬裸袒食冰,当暑烦闷,加以咳逆,或若温疟,或类伤寒,浮气流肿,四肢酸重。于今困劣,救命呼嗡,父兄见出,妻息长诀。"

〔45〕 关于拔剑逐蝇的故事,《三国志·魏书·梁习传》注引《魏略》:"(王)思又性急,尝执笔作书,蝇集笔端,驱去复来,如是再三。思恚怒,自起逐蝇,不能得,还取笔掷地,蹋坏之。"按清代张英等所编《渊鉴类函》卷三一五《褊急》门载王思事,有"思自起拔剑逐蝇"的话,但未注明引用书名。按王思,济阴(今山东定陶)人,正始中为大司农。

〔46〕 "竹林七贤" 《三国志·魏书·王粲传》内附述嵇康事略,裴注引《魏氏春秋》说:"康寓居河内之山阳县,……与陈留阮籍、河内山涛、河南向秀、籍兄子咸、琅琊王戎、沛人刘伶相与友善,游于竹林,号为'七贤'。"《世说新语·任诞》亦有一则,说七人"常集于竹林之下,肆意酣畅,故世谓'竹林七贤'"。参看本篇注〔40〕。

〔47〕 嵇康(223—262) 字叔夜,谯国铚(今安徽宿县)人,诗人。《晋书·嵇康传》说:"康早孤,有奇才,远迈不群。……学不师受,博览无不该通,长好老庄。与魏宗室婚,拜中散大夫。常修养性服食(服药)之事,弹琴咏诗,自足于怀。……康善谈理,又能属文,其高情远趣,率然玄远。"他的著作,现存《嵇康集》十卷,有鲁迅校本。

〔48〕 阮籍(210—263) 字嗣宗,陈留尉氏(今河南尉氏)人,阮瑀之子,诗人,与嵇康齐名。仕魏为从事中郎、步兵校尉。《晋书·阮籍

传》说他"博览群籍,尤好庄老。嗜酒能啸,善弹琴。"又说:"籍本有济世志,属魏晋之际,天下多故,名士少有全者,籍由是不与世事,遂酣饮为常。"他的著作,现存《阮籍集》十卷。

〔49〕 刘伶 字伯伦,沛国(今安徽濉溪)人。仕魏为建威参军。性放纵嗜酒,著有《酒德颂》,托言有大人先生,"止则操卮执觚,动则挈榼提壶,唯酒是务,焉知其余。"有"贵介公子,搢绅处士"在他的面前"陈说礼法",而他"方捧罂承槽,衔杯漱醪,奋髯箕踞,枕麴藉糟,无思无虑,其乐陶陶。"

〔50〕 关于阮籍能为青白眼,见《晋书·阮籍传》:"籍又能为青白眼,见礼俗之士,以白眼对之。"他的母亲死了,"嵇喜来吊,籍作白眼,喜不怿而退。喜弟康闻之,乃赍酒挟琴造焉,籍大悦,乃见青眼。由是礼法之士疾之若雠。"

〔51〕 "口不臧否人物" 语出《晋书·阮籍传》:"籍虽不拘礼教,然发言玄远,口不臧否人物。"

〔52〕 晋代常有子呼父名的例子,如《晋书·胡母辅之传》:"辅之正酣饮,谦之(辅之的儿子)阚而厉声曰:'彦国(辅之的号),年老不得为尔!将令我尻背东壁。'辅之欢笑,呼入与共饮。"又《王蒙传》:"王蒙,字仲祖……美姿容,尝览镜自照,称其父字曰:'王文开生如此儿耶!'"

〔53〕 关于刘伶裸形见客的事,《世说新语·任诞》载:"刘伶恒纵酒放达,或脱衣裸形在屋中,人见讥之。伶曰:'我以天地为栋宇,屋室为裈衣,诸君何为入我裈中?'"刘孝标注引邓粲《晋纪》所记略同。

〔54〕 《大人先生传》 阮籍借"大人先生"之口来抒写自己胸怀

的一篇文章。这里所引的三句是"大人先生"所作的歌。

〔55〕 关于阮籍借醉辞婚的故事,《晋书·阮籍传》载:"文帝(司马昭,鲁迅误记为司马懿)初欲为武帝(司马炎)求婚于籍,籍醉六十日,不得言而止。"

〔56〕 颜延之(384—456) 字延年,琅琊临沂(今山东临沂)人,南朝宋诗人。官至金紫光禄大夫。《文选》卷二十三阮籍《咏怀》诗下,李善注引颜延之的话:"嗣宗身仕乱朝,常恐罹谤遇祸,因兹发咏,故每有忧生之嗟;虽志在刺讥,而文多隐避,百代之下,难以情测,故粗明大意,略其幽旨也。"

〔57〕 "学而时习之,不亦说乎" 语出《语论·学而》。孔子语,"说"同"悦"。

〔58〕 《难自然好学论》 嵇康为反驳张邈(字辽叔)的《自然好学论》而作的一篇论文。

〔59〕 管叔蔡叔 是周武王的两个兄弟。《史记·管蔡世家》说:"武王已克殷纣,平天下,封功臣昆弟。于是封叔鲜于管,封叔度于蔡,二人相纣子武庚禄父(按禄父为武庚之名),治殷遗民。封叔旦于鲁而相周,为周公。……武王既崩,成王少,周公专王室。管叔、蔡叔疑周公之为不利于成王,乃挟武庚以作乱。周公旦承成王命伐诛武庚,杀管叔,而放蔡叔,迁之。"嵇康的《管蔡论》为管、蔡辩解,说"管、蔡皆服教殉义,忠诚自然。……周公践政,率朝诸侯。……而管、蔡服教,不达圣权,卒遇大变,不能自通。忠于乃心,思在王室。遂乃抗言率众,欲除国患。"

〔60〕 《与山巨源绝交书》 山巨源,即"竹林七贤"之一的山涛

(205—283),河内怀(今河南武陟)人。他在魏元帝(曹奂)景元年间投靠司马昭,曾任选曹郎,后将去职,欲举嵇康代任,康作书拒绝,并表示和他绝交,书中自说不堪受礼法的束缚,"又每非汤武而薄周孔,在人间不止,此事会显,世教所不容。"后来嵇康受朋友吕安案的牵连,钟会便乘机劝司马昭把他杀了。《三国志·魏书·王粲传》注引《魏氏春秋》叙述他被杀的经过说:"大将军(司马昭)尝欲辟(征召)康。康既有绝世之言,又从子不善,避之河东,或云避世。及山涛为选曹郎,举康自代,康答书拒绝,因自说不堪流俗而非薄汤武。大将军闻而怒焉。初,康与东平吕昭子巽及巽弟安亲善。会巽淫安妻徐氏,而诬安不孝,囚之。安引康为证,康义不负心,保明其事。安亦至烈,有济世志力。钟会劝大将军因此除之,遂杀安及康。康临刑自若,援琴而鼓,既而叹曰:'雅音于是绝矣!'时人莫不哀之。"按杀嵇康的是司马昭,鲁迅误记为司马懿。

〔61〕 裴颜(267—300) 字逸民,河东闻喜(今山西闻喜)人。晋惠帝时为国子祭酒,兼右军将军,迁尚书左仆射,后为司马伦(赵王)所杀。《晋书·裴颜传》说:"颜深患时俗放荡,不尊儒术。何晏、阮籍素有高名于世,口谈浮虚,不遵礼法,尸禄耽宠,仕不事事;至王衍之徒,声誉太盛,位高势重,不以物务自婴,遂相仿效,风教陵迟,乃著《崇有》之论以释其蔽。"

〔62〕 孙盛(约306—378) 字安国,太原中都(今山西平遥)人。曾任桓温参军,官至给事中。著有《魏氏春秋》、《晋阳秋》等。他的《老聃非大贤论》,批评当时清谈家奉为宗主的老聃,用老聃自己的话证明他的学说的自相矛盾,不切实际,从而断定老聃并非大贤。

〔63〕 何曾(197—278) 字颖考,陈国阳夏(今河南太康)人。司马炎篡魏,他因劝进有功,拜太尉,封公爵。《晋书·何曾传》说:"时(按当为魏高贵乡公即位初年)步兵校尉阮籍负才放诞,居丧无礼。曾面质籍于文帝(鲁迅误记为司马懿)座曰:'卿纵情背礼,败俗之人。今忠贤执政,综核名实,若卿之曹,不可长也。'因言于帝曰:'公方以孝治天下,而听阮籍以重哀(母丧)饮酒食肉于公座。宜摈四裔,无令汙染华夏。'帝曰:'此子羸病若此,君不能为吾忍耶!'曾重引据,辞理甚切。帝虽不从,时人敬惮之。"

〔64〕 "明于礼义而陋于知人心"二句,见《庄子·田子方》:"温伯雪子适齐,舍于鲁,鲁人有请见之者,温伯雪子曰:'不可,吾闻中国之君子,明乎礼义而陋于知人心,吾不欲见也。'"据唐代成玄英注:温伯,字雪子,春秋时楚国人。鲁迅误记为季札。

〔65〕 阮籍不愿儿子效法自己的事,见《晋书·阮籍传》:"(籍)子浑,字长成,有父风,少慕通达,不饰小节,籍谓曰:'仲容已豫吾此流,汝不得复尔。'"又《世说新语·任诞》也载有此事。按阮咸,字仲容,阮籍兄阮熙之子。

〔66〕 嵇康怠慢钟会,见《晋书·嵇康传》:"(康)性绝巧而好锻(打铁)。宅中有一柳树甚茂,乃激水圜之,每夏月,居其下以锻。"又说:"初,康居贫,尝与向秀共锻于大树之下,以自赡给。颍川钟会,贵公子也,精练有才辩,故往造焉。康不为之礼,而锻不辍。良久会去,康谓曰:'何所闻而来,何所见而去?'会曰:'闻所闻而来,见所见而去。'会以此憾之。"按钟会(225—264),字士季,颍川长社(今河南长葛)人。司马昭的重要谋士,官至左徒。魏常道乡公景元三年(262)拜镇西将

军,次年统兵伐蜀,蜀平后谋反,被杀。

〔67〕 《家诫》 见《嵇康集》卷十。鲁迅所举的这几条的原文是:"君子用心,所欲准行,自当量其善者,必拟议而后动。……所居长吏,但宜敬之而已矣,不当极亲密,不宜数往;往当有时。其有众人,又不当独在后,又不当宿。所以然者,长吏喜问外事,或时发举,则怨者谓人所说,无以自免也。……若会酒坐,见人争语,其形势似欲转盛,便当无何舍去之。此将斗之兆也。坐视必见曲直,傥不能不有言,有言必是在一人;其不是者方自谓为直,则谓曲我者有私于彼,便怨恶之情生矣;或便获悖辱之言。……又慎不须离楼,强劝人酒,不饮自己;若人来劝己,辄当为持之,勿稍逆也。"(据鲁迅校本)按嵇康的儿子名绍,字延祖,《晋书·嵇绍传》说他"十岁而孤"。

〔68〕 刘勰(约465—约532) 字彦和,南东莞(今江苏镇江)人,南朝梁文艺理论家。曾任步兵校尉,晚年出家。著有《文心雕龙》。这里所引的两句,见于该书《才略》篇。

〔69〕 陶潜(约372—427) 又名渊明,字元亮,浔阳柴桑(今江西九江)人,晋代诗人。曾任彭泽令,因不满当时政治的黑暗和官场的虚伪,辞官归隐。著作有《陶渊明集》。梁代钟嵘在《诗品》中称他为"古今隐逸诗人之宗","五四"以后又常被人称为"田园诗人"。他在《乞食》一诗中说:"饥来驱我去,不知竟何之。行行至斯里,叩门拙言辞。主人解余意,遗赠岂虚来。谈谐终日夕,觞至辄倾杯。……衔戢知何谢,冥报以相贻。"又南朝宋檀道鸾《续晋阳秋》说:"江州刺史王弘造渊明,无履,弘从人脱履以给之。弘语左右为彭泽作履,左右请履度,渊明于众坐伸脚,及履至,著而不疑。""采菊东篱下"句见他所作的《饮

酒》诗第五首。

〔70〕 陶潜的《述酒》诗,据南宋汤汉的注语,以为它是为当时最重大的政治事变——晋宋易代而作,注语中说:"晋元熙二年(420)六月,刘裕废恭帝(司马德文)为零陵王,明年,以毒酒一甖授张伟使酖王,伟自饮而卒;继又令兵人逾垣进药,王不肯饮,遂掩杀之。此诗所为作,故以《述酒》名篇也。诗辞尽隐语,故观者弗省。……予反复详考,而后知决为零陵哀诗也。"(见《陶靖节诗注》卷三)

〔71〕 墨子(约前 468—前 376) 名翟,鲁国人,春秋战国时代思想家,墨家创始人。他认为"天下兼相爱则治,交相恶则乱",提倡"兼爱"的学说。现存《墨子》书中有《兼爱》上中下三篇。杨子,即杨朱,战国时代思想家。他的学说的中心是"为我",《孟子·尽心(上)》说:"杨子取为我,拔一毛而利天下,不为也。"他没有著作留传下来,后人仅能从先秦书中略知他的学说的大概。

〔72〕 陶潜诗文中提到"死"的地方很多,如《己酉岁九月九日》中说:"万化相寻绎,人生岂不劳。从古皆有没,念之心中焦。"又《与子俨等疏》中说:"天地赋命,生必有死;自古圣贤,谁能独免。"等等。

关于知识阶级[1]

我到上海约二十多天,这回来上海并无什么意义,只是跑来跑去偶然跑到上海就是了。

我没有什么学问和思想,可以贡献给诸君。但这次易先生[2]要我来讲几句话;因为我去年亲见易先生在北京和军阀官僚怎样奋斗;而且我也参与其间,所以他要我来,我是不得不来的。

我不会讲演,也想不出什么可讲的,讲演近于做八股,是极难的,要有讲演的天才才好,在我是不会的。终于想不出什么,只能随便一谈;刚才谈起中国情形,说到"知识阶级"四字,我想对于知识阶级发表一点个人的意见,只是我并不是站在引导者的地位,要诸君都相信我的话,我自己走路都走不清楚,如何能引导诸君?

"知识阶级"一辞是爱罗先珂(V. Eroshenko)七八年前讲演"知识阶级及其使命"[3]时提出的,他骂俄国的知识阶级,也骂中国的知识阶级,中国人于是也骂起知识阶级来了;后来便要打倒知识阶级,再利害一点甚至于要杀知识阶级了。知识就仿佛是罪恶,但是一方面虽有人骂知识阶级;一方面却又有人以此自豪:这种情形是中国所特有的,所谓俄国的知识阶级,其实与中国的不同,俄国当革命以前,社会上还欢迎知识阶级。为什么要欢迎呢?因为他确能替平民抱不平,把平民的苦痛告诉大众。他为什么能把平民的苦痛说出来?因为他与平民接近,或自身就是平民。几年前有一位中国大学教授,他很奇怪,为什么有人要描写一个车夫的事情,[4]这就因为大学教授一向住在高大的洋房里,不明白平民的生活。欧洲的著作家往往是平民出身,(欧洲人虽出身穷苦,也能做文章;这因为他们的文字容易写,中国的文字却不容易写了。)所以也同样的感受到平民的苦痛,当然能痛痛快快写出来为平民说话,因此平民以为知识阶级对于自身是有益的;于是赞成他,到处都欢迎他,但是他们既受此荣誉,地位就增高了,而同时却把平民忘记了,变成一种特别的阶级。那时他们自以为了不得,到阔人家里去宴会,钱也多了,房子东西都要好的,终于与平民远远的离开了。他享受了高贵的生活,就记不起从前一切的贫苦生活了。——所以请诸位不要拍手,拍了手把我的地位一提高,我就要忘记了说话的。他不但不同情于平民,或许还要压迫平民,以致变成了平民的敌人,现在贵族阶级不能存在;贵族的知识阶级当然也不能站住了,这是知识阶级缺点之一。

还有知识阶级不可免避的运命,在革命时代是注重实行的,动的;思想还在其次,直白地说:或者倒有害。至少我个人的意见如此的。唐朝奸臣李林甫有一次看兵操练很勇敢,就有人对着他称赞。他说:"兵好是好,可是无思想",这话很不差。[5]因为兵之所以勇敢,就在没有思想,要是有了思想,就会没有勇气了。现在倘叫我去当兵,要我去革命,我一定不去,因为明白了利害是非,就难于实行了。有知识的人,讲讲柏拉图(Plato)讲讲苏格拉底(Socrates)[6]是不会有危险的。讲柏拉图可以讲一年,讲苏格拉底可以讲三年,他很可以安安稳稳地活下去,但要他去干危险的事情,那就很费踟蹰。譬如中国人,凡是做文章,总说"有利然而又有弊",这最足以代表知识阶级的思想。其实无论什么都是有弊的,就是吃饭也是有弊的,它能滋养我们这方面是有利的;但是一方面使我们消化器官疲乏,那就不好而有弊了。假使做事要面面顾到,那就什么事都不能做了。

还有,知识阶级对于别人的行动,往往以为这样也不好,那样也不好。先前俄国皇帝杀革命党,他们反对皇帝;后来革命党杀皇族,他们也起来反对。问他怎么才好呢?他们也没办法。所以在皇帝时代他们吃苦,在革命时代他们也吃苦,这实在是他们本身的缺点。

所以我想,知识阶级能否存在还是个问题。知识和强有力是冲突的,不能并立;强有力不许人民有自由思想,因为这能使能力分散,在动物界有很明显的例;猴子的社会是最专制的,猴王说一声走,猴子都走了。在原始时代酋长的命令是不能反对的,无怀疑的,在那时酋长带领着群众并吞衰小的部落;于是部落渐渐的大了,团体也大了。一个人就不能支配了。因为各个人思想发达了,各人的思想不一,民族的思想就不能统一,于是命令不行,团体的力量减小,而渐趋灭亡。在古时野蛮民族常侵略文明很发达的民族,在历史上是常见的。现在知识阶级在国内的弊病,正与古时一样。

英国罗素(Russel)[7]法国罗曼罗兰(R. Rolland)[8]反对欧战,大家以为他们了不起,其实幸而他们的话没有实行,否则德国早已打进英国和法国了;因为德国如不能同时实行非战,是没有办法的。俄国托尔斯泰(Tolstoi)的无抵抗主义之所以不能实行,也是这个原因。他不主张以恶报恶的,他的意思是皇帝叫我们去当兵,我们不去当兵,叫警察去捉,他不捉;叫刽子手去杀,他不去杀,大家都不听皇帝的命令,他也没有兴趣;那末做皇帝也无聊起来,天下也就太平了。然而如果一部分的人偏听皇帝的话,那就不行。

我从前也很想做皇帝,后来在北京去看到宫殿的房子都是一个刻板的格式,觉得无聊极了。所以我皇帝也不想做了。做人的趣味在和许多朋友有趣的谈天,热烈的讨论。做了皇帝,口出一声,臣民都下跪,只有不绝声的——Yes[9],Yes,那有什么趣味?但是还有人做皇帝,因为他和外界隔绝,不知外面还有世界!

总之,思想一自由,能力要减少,民族就站不住,他的自身也站不住了。现在思想自由和生存还有冲突,这是知识阶级本身的缺点。

然而知识阶级将什么样呢？还是在指挥刀下听令行动，还是发表倾向民众的思想呢？要是发表意见，就要想到什么就说什么。真的知识阶级是不顾利害的，如想到种种利害，就是假的，冒充的知识阶级；只是假知识阶级的寿命倒比较长一点。像今天发表这个主张，明天发表那个意见的人，思想似乎天天在进步；只是真的知识阶级的进步，决不能如此快的。不过他们对于社会永不会满意的，所感受的永远是痛苦，所看到的永远是缺点，他们预备着将来的牺牲，社会也因为有了他们而热闹，不过他的本身——心身方面总是苦痛的；因为这也是旧式社会传下来的遗物。至于诸君，是与旧的不同，是二十世纪初叶青年，如在劳动大学一方读书，一方做工，这是新的境遇；或许可以造成新的局面，但是环境还是老样子，着着逼人堕落，倘不与这老社会奋斗，还是要回到老路上去的。

譬如从前我在学生时代不吸烟，不吃酒，不打牌，没有一点嗜好；后来当了教员，有人发传单说我抽鸦片。我很气，但并不辩明，为要报复他们，前年我在陕西就真的抽一回鸦片，看他们怎样？此次来上海有人在报纸上说我来开书店；又有人说我每年版税有一万多元。但是我也并不辩明；但曾经自己想，与其负空名，倒不如真的去赚这许多进款。

还有一层，最可怕的情形，就是比较新的思想运动起来时，如与社会无关，作为空谈，那是不要紧的，这也是专制时代所以能容知识阶级存在的原故。因为痛哭流泪与实际是没有关系的,只是思想运动变成实际的社会运动时,那就危险了。往往反为旧势力所扑灭。中国现在也是如此,这现象,革新的人称之为"反动"。我在文艺史上,却找到一个好名辞,就是 Renaissance〔10〕,在意大利文艺复兴的意义,是把古时好的东西复活,将现存的坏的东西压倒,因为那时候思想太专制腐败了,在古时代确实有些比较好的;因此后来得到了社会上的信仰。现在中国顽固派的复古,把孔子礼教都拉出来了,但是他们拉出来的是好的么?如果是不好的,就是反动,倒退,以后恐怕是倒退的时代了。

还有,中国人现在胆子格外小了,这是受了共产党的影响。人一听到俄罗斯,一看见红色,就吓得一跳;一听到新思想,一看到俄国的小说,更其害怕,对于较特别的思想,较新思想尤其丧心发抖,总要仔仔细细底想,这有没有变成共产思想的可能性?!这样的害怕,一动也不敢动,怎样能够有进步呢?这实在是没有力量的表示,比如我们吃东西,吃就吃,若是左思右想,吃牛肉怕不消化,喝茶时又要怀疑,那就不行了,——老年人才是如此;有力量,有自信力的人是不至于此的。虽是西洋文明罢,我们能吸收时,就是西洋文明也变成我们自己的了。好像吃牛肉一样,决不会吃了牛肉自己也即变成牛肉的,要是如此胆小,那真是衰弱的知识阶级了,不衰弱的知识阶级,尚且对于将来的存在不能确定;而衰弱的知识阶级是必定要灭亡的。从前或许有,将来一定不能存在的。

现在，比较安全一点的，还有一条路，是不做时评而做艺术家。要为艺术而艺术[11]。住在"象牙之塔"[12]里，目下自然要比别处平安。就我自己来说罢，——有人说我只会讲自己，这是真的。我先前独自住在厦门大学的一所静寂的大洋房里；到了晚上，我总是孤思默想，想到一切，想到世界怎样，人类怎样，我静静地思想时，自己以为很了不得的样子；但是给蚊子一咬，跳了一跳，把世界人类的大问题全然忘了，离不开的还是我本身。

就我自己说起来，是早就有人劝我不要发议论，不要做杂感，你还是创作去吧！因为做了创作在世界史上有名字，做杂感是没有名字的。其实就是我不做杂感，世界史上，还是没有名字的，这得声明一句，是：这些劝我做创作，不要写杂感的人们之中，有几个是别有用意，是被我骂过的。所以要我不再做杂感。但是我不听他，因此在北京终于站不住了，不得不躲到厦门的图书馆上去了。

艺术家住在象牙塔中，固然比较地安全，但可惜还是安全不到底。秦始皇，汉武帝想成仙，终于没有成功而死了。危险的临头虽然可怕，但别的运命说不定，"人生必死"的运命却无法逃避，所以危险也仿佛用不着害怕似的。但我并不想劝青年得到危险，也不劝他人去做牺牲，说为社会死了名望好，高巍巍的镌起铜像来。自己活着的人没有劝别人去死的权利，假使你自己以为死是好的,那末请你自己先去死吧。诸君中恐有钱人不多罢。那末,我们穷人唯一的资本就是生命。以生命来投资,为社会做一点事,总得多赚一点利才好;以生命来做利息很小的牺牲,是不值得的。所以我从来不叫人去牺牲,但也不要再爬进象牙之塔和知识阶级里去了,我以为这是最稳当的一条路。

至于有一班从外国留学回来,自称知识阶级,以为中国没有他们就要灭亡的,却不在我所论之内,像这样的知识阶级,我还不知道是些什么东西?!

今天的说话很没有伦次,望诸君原谅!

* * *

〔1〕 本篇最初发表于1927年11月13日上海《国立劳动大学周刊》第五期。原有副题"鲁迅先生演讲",下署"黄河清笔记"。文末注明:"十月二十八日下午三时在江湾劳动大学",但据鲁迅日记,演讲时间应为10月25日下午。演讲记录稿发表前经过鲁迅校阅。

国立劳动大学,以国民党西山会议派为背景,标榜无政府主义的一所半工半读学校,分农学院、工学院、社会科学院三部。1927年创办,1933年停办。

〔2〕 易先生 即易培基(1880—1937),字寅村,湖南长沙人。1924年11月、1925年12月两次担任短时期的北洋政府教育总长。他支持北京女子师范大学学生运动,该校复校后曾兼任校长。1927年任上海国立劳动大学校长。

〔3〕 "知识阶级及其使命" 俄国作家爱罗先珂在北京的一次讲演的题目。记录稿最初连载于1922年3月6日、7日《晨报副刊》,题为《知识阶级的使命》。

〔4〕 指东南大学教授吴宓。参看《上海文艺之一瞥》。

〔5〕 李林甫疑为许敬宗之误。唐代刘餗《隋唐嘉话》卷中:"太宗之征辽,作飞梯临其城。有应募为梯首,城中矢石如雨,而竞为先登。英公指谓中书舍人许敬宗曰:'此人岂不大健?'敬宗曰:'健即大健,要是不解思量。'"

〔6〕 苏格拉底(前469—前399) 古希腊哲学家。

〔7〕 罗素 在第一次世界大战时,他反对英国参战,因而被解除剑桥大学教职;之后又因反对征兵,被判监禁四个月。

〔8〕 罗曼罗兰 在第一次世界大战时,他曾发表《站在斗争之上》等文,反对帝国主义战争。

〔9〕 Yes 英语:是。

〔10〕 Renaissance 英语:文艺复兴。十四至十五世纪兴起的西方新兴资产阶级反对封建主义和宗教神权的思想文化运动。最初开始于意大利,后来扩及德、法、英、荷等欧洲国家。这个运动以复兴久被湮没的古希腊、罗马文化为口号,因而得名。

〔11〕 为艺术而艺术 最早由法国作家戈蒂叶(1811—1872)提出的一种文艺观。它认为艺术应该超越一切功利而存在,创作的目的在于艺术本身,与社会政治无关。

〔12〕 "象牙之塔" 原是法国文艺批评家圣·佩韦(1804—

1869)批评同时代唯美主义诗人维尼的用语,后来用以比喻脱离现实的文艺家的小天地。

文艺与政治的歧途[1]

——十二月二十一日在上海暨南大学讲

我是不大出来讲演的;今天到此地来,不过因为说过了好几次,来讲一回也算了却一件事。我所以不出来讲演,一则没有什么意见可讲,二则刚才这位先生说过,在座的很多读过我的书,我更不能讲什么。书上的人大概比实物好一点,《红楼梦》[2]里面的人物,像贾宝玉林黛玉这些人物,都使我有异样的同情;后来,考究一些当时的事实,到北京后,看看梅兰芳姜妙香[3]扮的贾宝玉林黛玉,觉得并不怎样高明。

我没有整篇的鸿论,也没有高明的见解,只能讲讲我近来所想到的。我每每觉到文艺和政治时时在冲突之中;文艺和革命原不是相反的,两者之间,倒有不安于现状的同一。惟政治是要维持现状,自然和不安于现状的文艺处在不同的方向。不过不满意现状的文艺,直到十九世纪以后才兴起来,只有一段短短历史。政治家最不喜欢人家反抗他的意见,最不喜欢人家要想,要开口。而从前的社会也的确没有人想过什么,又没有人开过口。且看动物中的猴子,它们自有它们的首领;首领要它们怎样,它们就怎样。在部落里,他们有一个酋长,他们跟着酋长走,酋长的吩咐,就是他们的标准。酋长要他们死,也只好去死。那时没有什么文艺,即使有,也不过赞美上帝(还没有后人所谓 God[4] 那么玄妙)罢了! 那里会有自由思想? 后来,一个部落一个部落你吃我吞,渐渐扩大起来,所谓大国,就是吞吃那多多少少的小部落;一到了大国,内部情形就复杂得多,夹着许多不同的思想,许多不同的问题。这时,文艺也起来了,和政治不断地冲突;政治想维系现状使它统一,文艺催促社会进化使它渐渐分离;文艺虽使社会分裂,但是社会这样才进步起来。文艺既然是政治家的眼中钉,那就不免被挤出去。外国许多文学家,在本国站不住脚,相率亡命到别个国度去;这个方法,就是"逃"。要是逃不掉,那就被杀掉,割掉他的头;割掉头那是最好的方法,既不会开口,又不会想了。俄国许多文学家,受到这个结果,还有许多充军到冰雪的西伯利亚去。

有一派讲文艺的,主张离开人生,讲些月呀花呀鸟呀的话(在中国又不同,有国粹的道德,连花呀月呀都不许讲,当作别论),或者专讲"梦",专讲些将来的社会,不要讲得太近。这种文学家,他们都躲在象牙之塔[5]里面;但是"象牙之塔"毕竟不能住得很长久的呀! 象牙之塔总是要安放在人间,就免不掉还要受政治的压迫。打起仗来,就不能不逃开去。北京有一班文人[6],顶看不起描写社会的文学家,他们想,小说里面连车夫的生活都可以写进去,岂不把小说应该写才子佳人一首诗生爱情的定律都打破了吗？现在呢，他们也不能做高尚的文学家了，还是要逃到南边来；"象牙之塔"的窗子里，到底没有一块一块面包递进来的呀！

等到这些文学家也逃出来了，其他文学家早已死的死，逃的逃了。别的文学家，对于现状早感到不满意，又不能不反对，不能不开口，"反对""开口"就是有他们的下场。我以为文艺大概由于现在生活的感受，亲身所感到的，便影印到文艺中去。挪威有一文学家[7]，他描写肚子饿，写了一本书，这是依他所经验的写的。对于人生的经验，别的且不说，"肚子饿"这件事，要是欢喜，便可以试试看，只要两天不吃饭，饭的香味便会是一个特别的诱惑；要是走过街上饭铺子门口，更会觉得这个香味一阵阵冲到鼻子来。我们有钱的时候，用几个钱不算什么；直到没有钱，一个钱都有它的意味。那本描写肚子饿的书里，它说起那人饿得久了，看见路人个个是仇人，即是穿一件单裤子的，在他眼里也见得那是骄傲。我记起我自己曾经写过这样一个人，他身边什么都光了，时常抽开抽屉看看，看角上边上可以找到什么；路上一处一处去找，看有什么可以找得到；这个情形，我自己是体验过来的。

从生活窘迫过来的人，一到了有钱，容易变成两种情形：一种是理想世界，替处同一境遇的人着想，便成为人道主义；一种是什么都是自己挣起来，从前的遭遇，使他觉得什么都是冷酷，便流为个人主义。我们中国大概是变成个人主义者多。主张人道主义的,要想替穷人想想法子,改变改变现状,在政治家眼里,倒还不如个人主义的好;所以人道主义者和政治家就有冲突。俄国文学家托尔斯泰[8]讲人道主义,反对战争,写过三册很厚的小说——那部《战争与和平》,他自己是个贵族,却是经过战场的生活,他感到战争是怎么一个惨痛。尤其是他一临到长官的铁板前(战场上重要军官都有铁板挡住枪弹),更有刺心的痛楚。而他又眼见他的朋友们,很多在战场上牺牲掉。战争的结果,也可以变成两种态度:一种是英雄,他见别人死的死伤的伤,只有他健存,自己就觉得怎样了不得,这么那么夸耀战场上的威雄。一种是变成反对战争的,希望世界上不要再打仗了。托尔斯泰便是后一种,主张用无抵抗主义来消灭战争。他这么主张,政府自然讨厌他;反对战争,和俄皇的侵掠欲望冲突;主张无抵抗主义,叫兵士不替皇帝打仗,警察不替皇帝执法,审判官不替皇帝裁判,大家都不去捧皇帝;皇帝是全要人捧的,没有人捧,还成什么皇帝,更和政治相冲突。这种文学家出来,对于社会现状不满意,这样批评,那样批评,弄得社会上个个都自己觉到,都不安起来,自然非杀头不可。

　　但是,文艺家的话其实还是社会的话,他不过感觉灵敏,早感到早说出来(有时,他说得太早,连社会也反对他,也排轧他)。譬如我们学兵式体操,行举枪礼,照规矩口令是"举……枪"这般叫,一定要等"枪"字令下,才可以举起。有些人却是一听到"举"字便举起来,叫口令的要罚他,说他做错。文艺家在社会上正是这样;他说得早一点,大家都讨厌他。政治家认定文学家是社会扰乱的煽动者,心想杀掉他,社会就可平安。殊不知杀了文学家,社会还是要革命;俄国的文学家被杀掉的充军的不在少数,革命的火焰不是到处燃着吗?文学家生前大概不能得到社会的同情,潦倒地过了一生,直到死后四五十年,才为社会所认识,大家大闹起来。政治家因此更厌恶文学家,以为文学家早就种下大祸根;政治家想不准大家思想,而那野蛮时代早已过去了。在座诸位的见解,我虽然不知道;据我推测,一定和政治家是不相同;政治家既永远怪文艺家破坏他们的统一,偏见如此,所以我从来不肯和政治家去说。

到了后来,社会终于变动了;文艺家先时讲的话,渐渐大家都记起来了,大家都赞成他,恭维他是先知先觉。虽是他活的时候,怎样受过社会的奚落。刚才我来讲演,大家一阵子拍手,这拍手就见得我并不怎样伟大;那拍手是很危险的东西,拍了手或者使我自以为伟大不再向前了,所以还是不拍手的好。上面我讲过,文学家是感觉灵敏了一点,许多观念,文学家早感到了,社会还没有感到。譬如今天衣萍[9]先生穿了皮袍,我还只穿棉袍;衣萍先生对于天寒的感觉比我灵。再过一月,也许我也感到非穿皮袍不可,在天气上的感觉,相差到一个月,在思想上的感觉就得相差到三四十年。这个话,我这么讲,也有许多文学家在反对。我在广东,曾经批评一个革命文学家[10]——现在的广东,是非革命文学不能算做文学的,是非"打打打,杀杀杀,革革革,命命命",不能算做革命文学的——我以为革命并不能和文学连在一块儿,虽然文学中也有文学革命。但做文学的人总得闲定一点,正在革命中,那有功夫做文学。我们且想想:在生活困乏中,一面拉车,一面"之乎者也",到底不大便当。古人虽有种田做诗的,那一定不是自己在种田;雇了几个人替他种田,他才能吟他的诗;真要种田,就没有功夫做诗。革命时候也是一样;正在革命,那有功夫做诗?我有几个学生,在打陈炯明[11]时候,他们都在战场;我读了他们的来信,只见他们的字与词一封一封生疏下去。俄国革命以后,拿了面包票排了队一排一排去领面包;这时,国家既不管你什么文学家艺术家雕刻家;大家连想面包都来不及,那有功夫去想文学?等到有了文学,革命早成功了。革命成功以后,闲空了一点;有人恭维革命,有人颂扬革命,这已不是革命文学。他们恭维革命颂扬革命,就是颂扬有权力者,和革命有什么关系?

这时,也许有感觉灵敏的文学家,又感到现状的不满意,又要出来开口。从前文艺家的话,政治革命家原是赞同过;直到革命成功,政治家把从前所反对那些人用过的老法子重新采用起来,在文艺家仍不免于不满意,又非被排轧出去不可,或是割掉他的头。割掉他的头,前面我讲过,那是顶好的法子咾,——从十九世纪到现在,世界文艺的趋势,大都如此。

十九世纪以后的文艺,和十八世纪以前的文艺大不相同。十八世纪的英国小说,它的目的就在供给太太小姐们的消遣,所讲的都是愉快风趣的话。十九世纪的后半世纪，完全变成和人生问题发生密切关系。我们看了，总觉得十二分的不舒服，可是我们还得气也不透地看下去。这因为以前的文艺，好像写别一个社会，我们只要鉴赏；现在的文艺，就在写我们自己的社会，连我们自己也写进去；在小说里可以发见社会，也可以发见我们自己；以前的文艺，如隔岸观火，没有什么切身关系；现在的文艺，连自己也烧在这里面，自己一定深深感觉到；一到自己感觉到，一定要参加到社会去！

十九世纪，可以说是一个革命的时代；所谓革命，那不安于现在，不满意于现状的都是。文艺催促旧的渐渐消灭的也是革命（旧的消灭，新的才能产生），而文学家的命运并不因自己参加过革命而有一样改变，还是处处碰钉子。现在革命的势力已经到了徐州[12]，在徐州以北文学家原站不住脚；在徐州以南，文学家还是站不住脚，即共了产，文学家还是站不住脚。革命文学家和革命家竟可说完全两件事。诋斥军阀怎样怎样不合理，是革命文学家；打倒军阀是革命家；孙传芳[13]所以赶走，是革命家用炮轰掉的，决不是革命文艺家做了几句"孙传芳呀，我们要赶掉你呀"的文章赶掉的。在革命的时候，文学家都在做一个梦，以为革命成功将有怎样怎样一个世界；革命以后，他看看现实全不是那么一回事，于是他又要吃苦了。照他们这样叫，啼，哭都不成功；向前不成功，向后也不成功，理想和现实不一致，这是注定的运命；正如你们从《呐喊》上看出的鲁迅和讲坛上的鲁迅并不一致;或许大家以为我穿洋服头发分开,我却没有穿洋服,头发也这样短短的。所以以革命文学自命的,一定不是革命文学,世间那有满意现状的革命文学?除了吃麻醉药!苏俄革命以前,有两个文学家,叶遂宁和梭波里[14],他们都讴歌过革命,直到后来,他们还是碰死在自己所讴歌希望的现实碑上,那时,苏维埃是成立了!

不过,社会太寂寞了,有这样的人,才觉得有趣些。人类是欢喜看看戏的,文学家自己来做戏给人家看,或是绑出去砍头,或是在最近墙脚下枪毙,都可以热闹一下子。且如上海巡捕用棒打人,大家围着去看,他们自己虽然不愿意挨打,但看见人家挨打,倒觉得颇有趣的。文学家便是用自己的皮肉在挨打的啦!

今天所讲的,就是这么一点点,给它一个题目,叫做……《文艺与政治的歧途》。

* * *

〔1〕 本篇记录稿最初发表于1928年1月29日、30日上海《新闻报·学海》第一八二、一八三期,署周鲁迅讲,刘率真(即曹聚仁)记。收入《集外集》时经过作者校阅。

〔2〕 《红楼梦》 长篇小说,清代曹雪芹著。通行本为一二〇回,后四十回一般认为是高鹗续作。

〔3〕 梅兰芳(1894—1961) 名澜,字畹华,江苏泰州人,京剧艺术家。姜妙香(1890—1972),北京人,京剧演员,他们二人自1916年起

同台演出《黛玉葬花》。

〔4〕 God 英语:上帝。

〔5〕 象牙之塔 原是法国十九世纪文艺评论家圣佩韦(C. A. Saqinte Beuve,1804—1869)批评同时代消极浪漫主义诗人维尼的用语,后来用以比喻脱离现实生活的文艺家的小天地。

〔6〕 指新月社的一些人。梁实秋在 1926 年 3 月 27 日《晨报副刊》发表的《现代中国文学之浪漫的趋势》中说:"近年来新诗中产出了一个'人力车夫派'。这一派是专门为人力车夫抱不平,以为神圣的人力车夫被经济制度压迫过甚,……其实人力车夫……既没有什么可怜恤的,更没有什么可赞美。"

〔7〕 指汉姆生(K. Hamsun,1859—1952),又译哈谟生,挪威小说家。曾两度流落美国,生活在社会底层,当过水手和木工。"写了一本书"指汉姆生著长篇小说《饥饿》。他还著有长篇小说《老爷》、《大地的生长物》等。获 1920 年诺贝尔文学奖。

〔8〕 托尔斯泰 即列夫·托尔斯泰(Л. Н. Толстой,1828—1910),俄国作家。出身于贵族地主家庭。他的作品无情地揭露沙皇制度和资本主义势力的种种罪恶,同时又宣扬道德的自我完善和"不用暴力抵抗邪恶"。著有长篇小说《战争与和平》、《安娜·卡列尼娜》、《复活》等。《战争与和平》是他以 1812 年拿破仑入侵俄国为题材的长篇小说,写于 1863 年至 1869 年。

〔9〕 衣萍 即章衣萍(1900—1946),名鸿熙,字衣萍,安徽绩溪人。是《语丝》撰稿人之一。

〔10〕 指吴稚晖(1865—1953),名敬恒,江苏武进人。曾任国民

党中央监察委员、中央政治会议委员。

〔11〕 陈炯明(1875—1933) 字竞存,广东海丰人,广东军阀。1917 年任广东省长兼粤军总司令。1922 年企图谋害孙中山发动武装叛乱,被击败后退守东江。1925 年所部被广东革命军消灭。鲁迅的学生李秉中等曾参加讨伐陈炯明的战争。鲁迅在 1926 年 6 月 17 日致李秉中信中说:"这一年来,不闻消息,我可是历来没有忘记,但常有两种推测,一是在东江负伤或战死了,一是你已经变了一个武人,不再写字,因为去年你从梅县给我的信,内中已很有几个空白及没有写全的字了。"

〔12〕 革命的势力到了徐州 国民党发动"清党"反共之后仍以"北伐革命"为旗帜,1927 年 12 月 16 日何应钦指挥的第一路军占领徐州,山东军阀张宗昌溃退。

〔13〕 孙传芳(1885—1935) 字馨远,山东历城人,北洋直系军阀。1925 年盘踞东南五省,自任五省联军总司令。1926 年冬,其主力在江西南昌、九江一带被北伐军击溃。

〔14〕 叶遂宁(С. А. Есенин,1895—1925) 通译叶赛宁,苏联诗人。他以描写宗法制度下田园生活的抒情诗著称。十月革命时曾向往革命,写过一些赞美革命的诗,如《天上的鼓手》等。但革命后陷入苦闷,最后自杀。著有长诗《四旬祭》、《苏维埃俄罗斯》等。梭波里(А. Соболь,1888—1926),苏联作家。十月革命后曾接近革命,但终因不满于现实生活而自杀。著有长篇小说《尘土》,短篇小说集《樱桃开花的时候》。

现今的新文学的概观[1]

——五月二十二日在燕京大学国文学会讲

这一年多,我不很向青年诸君说什么话了,因为革命以来,言论的路很窄小,不是过激,便是反动,于大家都无益处。这一次回到北平,几位旧识的人要我到这里来讲几句,情不可却,只好来讲几句。但因为种种琐事,终于没有想定究竟来讲什么——连题目都没有。

那题目,原是想在车上拟定的,但因为道路坏,汽车颠起来有尺多高,无从想起。我于是偶然感到,外来的东西,单取一件,是不行的,有汽车也须有好道路,一切事总免不掉环境的影响。文学——在中国的所谓新文学,所谓革命文学,也是如此。

中国的文化,便是怎样的爱国者,恐怕也大概不能不承认是有些落后。新的事物,都是从外面侵入的。新的势力来到了,大多数的人们还是莫名其妙。北平还不到这样,譬如上海租界,那情形,外国人是处在中央,那外面,围着一群翻译,包探,巡捕,西崽[2]……之类,是懂得外国话,熟悉租界章程的。这一圈之外,才是许多老百姓。

老百姓一到洋场,永远不会明白真实情形,外国人说"Yes"[3],翻译道,"他在说打一个耳光",外国人说"No"[4],翻出来却是他说"去枪毙"。倘想要免去这一类无谓的冤苦,首先是在知道得多一点,冲破了这一个圈子。

在文学界也一样,我们知道得太不多,而帮助我们知识的材料也太少。梁实秋有一个白璧德,徐志摩[5]有一个泰戈尔胡适之有一个杜威[6],——是的,徐志摩还有一个曼殊斐儿,他到她坟上去哭过,[7]——创造社有革命文学,时行的文学。不过附和的,创作的很有,研究的却不多,直到现在,还是给几个出题目的人们圈了起来。

各种文学,都是应环境而产生的,推崇文艺的人,虽喜欢说文艺足以煽起风波来,但在事实上,却是政治先行,文艺后变。倘以为文艺可以改变环境,那是"唯心"之谈,事实的出现,并不如文学家所豫想。所以巨大的革命,以前的所谓革命文学者还须灭亡,待到革命略有结果,略有喘息的余裕,这才产生新的革命文学者。为什么呢,因为旧社会将近崩坏之际,是常常会有近似带革命性的文学作品出现的,然而其实并非真的革命文学。例如:或者憎恶旧社会,而只是憎恶,更没有对于将来的理想;或者也大呼改造社会,而问他要怎样的社会,却是不能实现的乌托邦[8];或者自己活得无聊了,便空泛地希望一大转变,来作刺戟,正如饱于饮食的人,想吃些辣椒爽口;更下的是原是旧式人物,但在社会里失败了,却想另挂新招牌,靠新兴势力获得更好的地位。

希望革命的文人,革命一到,反而沉默下去的例子,在中国便曾有过的。即如清末的南社[9],便是鼓吹革命的文学团体,他们叹汉族的被压制,愤满人的凶横,渴望着"光复旧物"。但民国成立以后,倒寂然无声了。我想,这是因为他们的理想,是在革命以后,"重见汉官威仪[10]",峨冠博带。而事实并不这样,所以反而索然无味,不想执笔了。俄国的例子尤为明显,十月革命开初,也曾有许多革命文学家非常惊喜,欢迎这暴风雨的袭来,愿受风雷的试炼。但后来,诗人叶遂宁,小说家索波里自杀了,近来还听说有名的小说家爱伦堡[11]有些反动。这是什么缘故呢?就因为四面袭来的并不是暴风雨,来试炼的也并非风雷,却是老老实实的"革命"。空想被击碎了,人也就活不下去,这倒不如古时候相信死后灵魂上天,坐在上帝旁边吃点心的诗人们福气。[12]因为他们在达到目的之前,已经死掉了。

中国,据说,自然是已经革了命,——政治上也许如此罢,但在文艺上,却并没有改变。有人说,"小资产阶级文学之抬头"[13]了,其实是,小资产阶级文学在那里呢,连"头"也没有,那里说得到"抬"。这照我上面所讲的推论起来,就是文学并不变化和兴旺,所反映的便是并无革命和进步,——虽然革命家听了也许不大喜欢。

至于创造社所提倡的,更彻底的革命文学——无产阶级文学,自然更不过是一个题目。这边也禁,那边也禁的王独清的从上海租界里遥望广州暴动的诗,[14]"Pong Pong Pong",铅字逐渐大了起来,只在说明他曾为电影的字幕和上海的酱园招牌所感动,有模仿勃洛克的《十二个》之志而无其力和才。郭沫若的《一只手》[15]是很有人推为佳作的,但内容说一个革命者革命之后失了一只手,所余的一只还能和爱人握手的事,却未免"失"得太巧。五体,四肢之中,倘要失去其一,实在还不如一只手;一条腿就不便,头自然更不行了。只准备失去一只手,是能减少战斗的勇往之气的;我想,革命者所不惜牺牲的,一定不只这一点。《一只手》也还是穷秀才落难,后来终于中状元,谐花烛的老调。

但这些却也正是中国现状的一种反映。新近上海出版的革命文学的一本书的封面上,画着一把钢叉,这是从《苦闷的象征》[16]的书面上取来的,叉的中间的一条尖刺上,又安一个铁锤,这是从苏联的旗子上取来的。然而这样地合了起来,却弄得既不能刺,又不能敲,只能在表明这位作者的庸陋,——也正可以做那些文艺家的徽章。

从这一阶级走到那一阶级去,自然是能有的事,但最好是意识如何,便一一直说,使大众看去,为仇为友,了了分明。不要脑子里存着许多旧的残滓,却故意瞒了起来,演戏似的指着自己的鼻子道,"惟我是无产阶级!"现在的人们既然神经过敏,听到"俄"字便要气绝,连嘴唇也快要不准红了,对于出版物,这也怕,那也怕;而革命文学家又不肯多绍介别国的理论和作品,单是这样的指着自己的鼻子,临了便会像前清的"奉旨申斥"一样,令人莫名其妙的。

对于诸君,"奉旨申斥"大概还须解释几句才会明白罢。这是帝制时代的事。一个官员犯了过失了,便叫他跪在一个什么门外面,皇帝差一个太监来斥骂。这时须得用一点化费,那么,骂几句就完;倘若不用,他便从祖宗一直骂到子孙。这算是皇帝在骂,然而谁能去问皇帝,问他究竟可是要这样地骂呢?去年,据日本的杂志上说,成仿吾是由中国的农工大众选他往德国研究戏曲去了,我们也无从打听,究竟真是这样地选了没有。

所以我想,倘要比较地明白,还只好用我的老话,"多看外国书",来打破这包围的圈子。这事,于诸君是不甚费力的。关于新兴文学的英文书或英译书,即使不多,然而所有的几本,一定较为切实可靠。多看些别国的理论和作品之后,再来估量中国的新文艺,便可以清楚得多了。更好是绍介到中国来;翻译并不比随便的创作容易,然而于新文学的发展却更有功,于大家更有益。

*　　　*　　　*

〔1〕 本篇最初发表于1929年5月25日北平《未名》半月刊第二卷第八期。

〔2〕 西崽　旧时对西洋人雇用的中国男仆的蔑称。

〔3〕 "Yes"　英语:是。

〔4〕 "No" 英语:不是。

〔5〕 徐志摩(1897—1931) 浙江海宁人,诗人,新月社主要成员。著有《志摩的诗》、《猛虎集》等。1924年4月泰戈尔访华时,他担任翻译,并在《小说月报》上多次发表颂扬泰戈尔的文章。

〔6〕 杜威(J. Dewey,1859—1952) 美国哲学家,实用主义芝加哥学派的创始人。曾任芝加哥大学、哥伦比亚大学教授,美国哲学学会、美国大学教授联合会会长。1919年至1921年间曾到中国讲学,胡适担任翻译。他自称其实用主义哲学为经验自然主义和工具主义,认为客观世界和主观意识都包括在"经验"的统一体之中,"经验"是二者的交互作用;思想不是客观世界的反映,而是人根据自身的需要提出的"假设"和设计的"工具",能够"兑现价值"和有用就是真理。主要著作有《哲学的改造》、《经验和自然》、《艺术即经验》等。胡适在美留学时曾师从杜威,是实用主义哲学的宣传者。

〔7〕 曼殊斐儿(K. Mansfield,1888—1923) 通译曼斯菲尔德,英国女作家。著有《幸福》、《鸽巢》等中短篇小说集。徐志摩翻译过她的作品。他在《自剖集·欧游漫记》中,说他曾在法国上过曼殊斐儿的坟:"我这次到欧洲来倒像是专做清明来的;我不仅上知名的或与我有关系的坟,……在枫丹薄罗上曼殊斐儿的坟。"

〔8〕 乌托邦 拉丁文Utopia的音译,源于英国汤姆士·莫尔在1516年所作的小说《乌托邦》。书中描写一种叫"乌托邦"的社会组织,寄托着作者空想社会主义的理想,由此"乌托邦"就成了"空想"的同义语。

〔9〕 南社 文学团体,1909年由柳亚子等人发起,成立于苏州,

盛时有社员千余人。他们以诗文鼓吹反清革命。辛亥革命后发生分化，有的附和袁世凯，有的加入安福系、研究系等政客团体，只有少数人坚持进步立场。1923年解体。该社编印不定期刊《南社》，发表社员所作诗文，共出二十二集。

〔10〕"汉官威仪" 指汉代叔孙通等人所制定的礼仪制度。《后汉书·光武帝纪》记载：王莽篡位失败被杀后，司隶校尉刘秀（即后来的汉光武帝）带了僚属到长安，当地吏士"及见司隶僚属，皆欢喜不自胜。老吏或垂涕曰：'不图今日复见汉官威仪'"。

〔11〕爱伦堡（И. Г. Эренбург，1891—1967），苏联作家。1910年开始文学活动，十月革命后参加苏维埃政府工作。二十年代的小说分析和批判资本主义社会，也反映出自身矛盾复杂的心态，流露出对革命的怀疑和动摇的情绪，曾受到文艺界的批评。三十年代后写有反映苏联社会主义建设和表现反法西斯主题的作品。代表作有小说《巴黎的陷落》、《暴风雨》、《九级浪》等。

〔12〕德国诗人海涅在诗集《还乡记》第六十六首中有这样的句子："我梦见我自己做了上帝，昂然地高坐在天堂，天使们环绕在我身旁，不绝地称赞着我的诗章。 我在吃糕饼、糖果，喝着酒，和天使们一起欢宴，我享受着这些珍品，却无须破费一个小钱……。"

〔13〕"小资产阶级文学之抬头" 见李初梨《对于所谓"小资产阶级革命文学"底抬头，普罗列塔利亚文学应该防御自己》（载1928年12月《创造月刊》第二卷第六期）。

〔14〕指王独清的长诗《II Dec.》(《十二月十一日》)，1928年11月出版（未标出版处）。

〔15〕《一只手》 短篇小说,载1928年《创造月刊》第一卷第九至十一期,内容和这里所说的有出入。该小说写一位童工在劳作时被机器切断一只手,激起工人的暴动。

〔16〕《苦闷的象征》 文艺论文集,日本文艺评论家厨川白村作。鲁迅曾译成中文,1924年12月北京新潮社出版。中译本的封面为陶元庆作。画面是一把钢叉叉着一个女人的舌头,象征"人间苦"。

对于左翼作家联盟的意见[1]

——三月二日在左翼作家联盟[2]成立大会讲

有许多事情,有人在先已经讲得很详细了,我不必再说。我以为在现在,"左翼"作家是很容易成为"右翼"作家的。为什么呢?第一,倘若不和实际的社会斗争接触,单关在玻璃窗内做文章,研究问题,那是无论怎样的激烈,"左",都是容易办到的;然而一碰到实际,便即刻要撞碎了。关在房子里,最容易高谈彻底的主义,然而也最容易"右倾"。西洋的叫做"Salon 的社会主义者",便是指这而言。"Salon"是客厅的意思,坐在客厅里谈谈社会主义,高雅得很,漂亮得很,然而并不想到实行的。这种社会主义者,毫不足靠。并且在现在,不带点广义的社会主义的思想的作家或艺术家,就是说工农大众应该做奴隶,应该被虐杀,被剥削的这样的作家或艺术家,是差不多没有了,除非墨索里尼[3],但墨索里尼并没有写过文艺作品。(当然,这样的作家,也还不能说完全没有,例如中国的新月派诸文学家,以及所说的墨索里尼所宠爱的邓南遮[4]便是。)

第二,倘不明白革命的实际情形,也容易变成"右翼"。革命是痛苦,其中也必然混有污秽和血,决不是如诗人所想像的那般有趣,那般完美;革命尤其是现实的事,需要各种卑贱的,麻烦的工作,决不如诗人所想像的那般浪漫;革命当然有破坏,然而更需要建设,破坏是痛快的,但建设却是麻烦的事。所以对于革命抱着浪漫谛克的幻想的人,一和革命接近,一到革命进行,便容易失望。听说俄国的诗人叶遂宁,当初也非常欢迎十月革命,当时他叫道,"万岁,天上和地上的革命!"又说"我是一个布尔塞维克了!"然而一到革命后,实际上的情形,完全不是他所想像的那么一回事,终于失望,颓废。叶遂宁后来是自杀了的,听说这失望是他的自杀的原因之一。[5]又如毕力涅克和爱伦堡[6],也都是例子。在我们辛亥革命时也有同样的例,那时有许多文人,例如属于"南社"[7]的人们,开初大抵是很革命的,但他们抱着一种幻想,以为只要将满洲人赶出去,便一切都恢复了"汉官威仪"[8],人们都穿大袖的衣服,峨冠博带,大步地在街上走。谁知赶走满清皇帝以后,民国成立,情形却全不同,所以他们便失望,以后有些人甚至成为新的运动的反动者。但是,我们如果不明白革命的实际情形,也容易和他们一样的。

还有,以为诗人或文学家高于一切人,他底工作比一切工作都高贵,也是不正确的观念。举例说,从前海涅[9]以为诗人最高贵,而上帝最公平,诗人在死后,便到上帝那里去,围着上帝坐着,上帝请他吃糖果。在现在,上帝请吃糖果的事,是当然无人相信的了,但以为诗人或文学家,现在为劳动大众革命,将来革命成功,劳动阶级一定从丰报酬,特别优待,请他坐特等车,吃特等饭,或者劳动者捧着牛油面包来献他,说:"我们的诗人,请用吧!"这也是不正确的;因为实际上决不会有这种事,恐怕那时比现在还要苦,不但没有牛油面包,连黑面包都没有也说不定,俄国革命后一二年的情形便是例子。如果不明白这情形,也容易变成"右翼"。事实上,劳动者大众,只要不是梁实秋所说"有出息"者,也决不会特别看重知识阶级者的,如我所译的《溃灭》中的美谛克(知识阶级出身),反而常被矿工等所嘲笑。不待说,知识阶级有知识阶级的事要做,不应特别看轻,然而劳动阶级决无特别例外地优待诗人或文学家的义务。

现在,我说一说我们今后应注意的几点。

第一,对于旧社会和旧势力的斗争,必须坚决,持久不断,而且注重实力。旧社会的根柢原是非常坚固的,新运动非有更大的力不能动摇它什么。并且旧社会还有它使新势力妥协的好办法,但它自己是决不妥协的。在中国也有过许多新的运动了,却每次都是新的敌不过旧的,那原因大抵是在新的一面没有坚决的广大的目的,要求很小,容易满足。譬如白话文运动,当初旧社会是死力抵抗的,但不久便容许白话文底存在,给它一点可怜地位,在报纸的角头等地方可以看见用白话写的文章了,这是因为在旧社会看来,新的东西并没有什么,并不可怕,所以就让它存在,而新的一面也就满足,以为白话文已得到存在权了。又如一二年来的无产文学运动,也差不多一样,旧社会也容许无产文学,因为无产文学并不厉害,反而他们也来弄无产文学,拿去做装饰,仿佛在客厅里放着许多古董磁器以外,放一个工人用的粗碗,也很别致;而无产文学者呢,他已经在文坛上有个小地位,稿子已经卖得出去了,不必再斗争,批评家也唱着凯旋歌:"无产文学胜利!"但除了个人的胜利,即以无产文学而论,究竟胜利了多少?况且无产文学,是无产阶级解放斗争底一翼,它跟着无产阶级的社会的势力的成长而成长,在无产阶级的社会地位很低的时候,无产文学的文坛地位反而很高,这只是证明无产文学者离开了无产阶级,回到旧社会去罢了。

第二,我以为战线应该扩大。在前年和去年,文学上的战争是有的,但那范围实在太小,一切旧文学旧思想都不为新派的人所注意,反而弄成了在一角里新文学者和新文学者的斗争,旧派的人倒能够闲舒地在旁边观战。

第三,我们应当造出大群的新的战士。因为现在人手实在太少了,譬如我们有好几种杂志[10],单行本的书也出版得不少,但做文章的总同是这几个人,所以内容就不能不单薄。一个人做事不专,这样弄一点,那样弄一点,既要翻译,又要做小说,还要做批评,并且也要做诗,这怎么弄得好呢?这都因为人太少的缘故,如果人多了,则翻译的可以专翻译,创作的可以专创作,批评的专批评;对敌人应战,也军势雄厚,容易克服。关于这点,我可带便地说一件事。前年创造社和太阳社向我进攻的时候,那力量实在单薄,到后来连我都觉得有点无聊,没有意思反攻了，因为我后来看出了敌军在演"空城计"。那时候我的敌军是专事于吹擂，不务于招兵练将的，攻击我的文章当然很多，然而一看就知道都是化名，骂来骂去都是同样的几句话。我那时就等待有一个能操马克斯主义批评的枪法的人来狙击我的，然而他终于没有出现。在我倒是一向就注意新的青年战士底养成的，曾经弄过好几个文学团体[11]，不过效果也很小。但我们今后却必须注意这点。

我们急于要造出大群的新的战士，但同时，在文学战线上的人还要"韧"。所谓韧，就是不要像前清做八股文的"敲门砖"似的办法。前清的八股文[12]，原是"进学"[13]做官的工具，只要能做"起承转合"，借以进了"秀才举人"，便可丢掉八股文，一生中再也用不到它了，所以叫做"敲门砖"，犹之用一块砖敲门，门一敲进，砖就可抛弃了，不必再将它带在身边。这种办法，直到现在，也还有许多人在使用，我们常常看见有些人出了一二本诗集或小说集以后，他们便永远不见了，到那里去了呢？是因为出了一本或二本书，有了一点小名或大名，得到了教授或别的什么位置，功成名遂，不必再写诗写小说了，所以永远不见了。这样，所以在中国无论文学或科学都没有东西，然而在我们是要有东西的，因为这于我们有用。（卢那卡尔斯基是甚至主张保存俄国的农民美术[14]，因为可以造出来卖给外国人，在经济上有帮助。我以为如果我们文学或科学上有东西拿得出去给别人，则甚至于脱离帝国主义的压迫的政治运动上也有帮助。）但要在文化上有成绩，则非韧不可。

最后，我以为联合战线是以有共同目的为必要条件的。我记得好像曾听到过这样一句话："反动派且已经有联合战线了，而我们还没有团结起来！"其实他们也并未有有意的联合战线，只因为他们的目的相同，所以行动就一致，在我们看来就好像联合战线。而我们战线不能统一，就证明我们的目的不能一致，或者只为了小团体，或者还其实只为了个人，如果目的都在工农大众，那当然战线也就统一了。

* * *

〔1〕 本篇最初发表于1930年4月1日《萌芽月刊》第一卷第四期。

〔2〕 左翼作家联盟　即中国左翼作家联盟（简称"左联"），中国共产党领导下的革命文学团体。1930年3月在上海成立（并先后在北平、天津等地及日本东京设立分会），领导成员有鲁迅、夏衍、冯雪峰、冯乃超、周扬等。"左联"的成立，标志着中国革命文学发展的一个新阶段。它曾有组织有计划地致力于马克思主义文艺理论的宣传和研究，批评各种错误的文艺思想，提倡革命文学创作，进行文艺大众化的探讨，培养了一批革命文艺工作者，促进了革命文学运动的发展。它在国民党统治区内领导革命文学工作者和进步作家，对国民党的文化"围剿"进行了英勇顽强的斗争，在粉碎这种"围剿"中起了重大的作用。但由于受到当时党内"左"倾路线的影响，"左联"的一些领导人在工作

中有过教条主义和宗派主义的倾向,对此,鲁迅曾进行过原则性的批评。他在"左联"成立大会上的这个讲话,是当时左翼文艺运动有重要意义的文件。"左联"由于受国民党政府的白色恐怖的摧残压迫,也由于领导工作中宗派主义的影响,始终是一个比较狭小的团体。1935年底,为了适应抗日救亡运动的新形势,"左联"自行解散。

〔3〕 墨索里尼(B. Mussolini,1883—1945) 意大利的独裁者和法西斯党党魁,第二次世界大战的罪魁之一。

〔4〕 邓南遮(G. D'Annunzio,1863—1938) 意大利唯美主义作家。著有长篇小说《死的胜利》等。晚年成为民族主义者,深受墨索里尼的宠爱,获得"亲王"称号;墨索里尼还曾悬赏征求他的传记(见1930年3月《萌芽月刊》第一卷第三期《国内外文坛消息》)。

〔5〕 叶遂宁(С. А. Есенин,1895—1925) 通译叶赛宁,苏联诗人。他以描写宗法制度下农村田园生活的抒情诗著称,作品多流露忧郁情调,曾参加意象派文学团体。十月革命时向往革命,写过一些赞扬革命的诗如《苏维埃俄罗斯》等,但革命后陷入苦闷,终于自杀。这里所引的诗句,分别见于他在1918年所作的《天上的鼓手》和《约旦河上的鸽子》。

〔6〕 毕力涅克(Б. А. Пильняк,1894—1937) 通译皮利尼亚克,又译皮涅克,苏联革命初期的"同路人"作家。1929年,他在国外白俄报刊上发表长篇小说《红木》,因歪曲苏维埃现实而受到批评。爱伦堡(И. Т. Зренбург,1891—1967),苏联作家。1910年开始文学活动,十月革命后参加苏维埃政府工作。二十年代的小说分析和批判资本主义社会,也反映出自身矛盾复杂的心态,流露出对革命的怀疑和动摇的情

绪,曾受到文艺界的批评。三十年代后写有反映苏联社会主义建设和表现反法西斯主题的作品。代表作有小说《巴黎的陷落》、《暴风雨》、《九级浪》等。

〔7〕"南社" 文学团体,1909年由柳亚子等人发起,成立于苏州,盛时有社员千余人。他们以诗文鼓吹反清革命。辛亥革命后发生分化,有的附和袁世凯,有的加入安福系、研究系等政客团体,只有少数人坚持进步立场。1923年解体。该社编印不定期刊《南社》,发表社员所作诗文,共出二十二集。

〔8〕"汉官威仪" 指汉代叔孙通等人所制定的礼仪制度。《后汉书·光武帝纪》记载:王莽篡位失败被杀后,司隶校尉刘秀(即后来的汉光武帝)带了僚属到长安,当地吏士"及见司隶僚属,皆欢喜不自胜。老吏或垂涕曰:'不图今日复见汉官威仪'"。

〔9〕 海涅(H. Heine,1797—1856) 德国诗人,著有长诗《德国——一个冬天的童话》等。这里的引述,见海涅诗集《还乡记》第六十六首:"我梦见我自己做了上帝,昂然地高坐在天堂,天使们环绕在我身旁,不绝地称赞着我的诗章。我在吃糕饼、糖果,喝着酒,和天使们一起欢宴,我享受着这些珍品,却无须破费一个小钱……。"

〔10〕 几种杂志 指当时出版的《萌芽月刊》、《拓荒者》、《大众文艺》、《文艺研究》等。

〔11〕 几个文学团体 指莽原社、未名社、朝花社等。

〔12〕 八股文 明、清科举考试制度所规定的一种公式化文体,每篇分破题、承题、起讲、入手、起股、中股、后股、束股八部分,后四部分是主体,每部分有两股相比偶的文字,合共八股,所以叫"八股文"。下

文所说的"起承转合",指做八股文的一种公式,即所谓"起要平起,承要舂(从)容,转要变化,合要渊永"。

〔13〕 "进学"　按明、清科举制度,童生经过县考初试,府考复试,再参加由学政主持的院考(道考),考取的列名府、县学,叫"进学",也就成为"秀才"。

〔14〕 关于卢那察尔斯基主张保存俄国农民美术的观点,见鲁迅翻译的卢那察尔斯基论文集《文艺与批评》中的《苏维埃国家与艺术》。

上海文艺之一瞥[1]

——八月十二日在社会科学研究会讲

上海过去的文艺,开始的是《申报》[2]。要讲《申报》,是必须追溯到六十年以前的,但这些事我不知道。我所能记得的,是三十年以前,那时的《申报》,还是用中国竹纸的,单面印,而在那里做文章的,则多是从别处跑来的"才子"。

那时的读书人,大概可以分他为两种,就是君子和才子。君子是只读四书五经,做八股,非常规矩的。而才子却此外还要看小说,例如《红楼梦》,还要做考试上用不着的古今体诗[3]之类。这是说,才子是公开的看《红楼梦》的,但君子是否在背地里也看《红楼梦》,则我无从知道。有了上海的租界,——那时叫作"洋场",也叫"夷场",后来有怕犯讳的,便往往写作"彝场"——有些才子们便跑到上海来,因为才子是旷达的,那里都去;君子则对于外国人的东西总有点厌恶,而且正在想求正路的功名,所以决不轻易的乱跑。孔子曰,"道不行,乘桴浮于海"[4],从才子们看来,就是有点才子气的,所以君子们的行径,在才子就谓之"迂"。

才子原是多愁多病,要闻鸡生气,见月伤心的。一到上海,又遇见了婊子。去嫖的时候,可以叫十个二十个的年青姑娘聚集在一处,样子很有些像《红楼梦》,于是他就觉得自己好像贾宝玉;自己是才子,那么婊子当然是佳人,于是才子佳人的书就产生了。内容多半是,惟才子能怜这些风尘沦落的佳人,惟佳人能识坎坷不遇的才子,受尽千辛万苦之后,终于成了佳偶,或者是都成了神仙。

他们又帮申报馆印行些明清的小品书出售,自己也立文社,出灯谜,有入选的,就用这些书做赠品,所以那流通很广远。也有大部书,如《儒林外史》[5],《三宝太监西洋记》[6],《快心编》[7]等。现在我们在旧书摊上,有时还看见第一页印有"上海申报馆仿聚珍板印"字样的小本子,那就都是的。

佳人才子的书盛行的好几年,后一辈的才子的心思就渐渐改变了。他们发见了佳人并非因为"爱才若渴"而做婊子的,佳人只为的是钱。然而佳人要才子的钱,是不应该的,才子于是想了种种制伏婊子的妙法,不但不上当,还占了她们的便宜。叙述这各种手段的小说就出现了,社会上也很风行,因为可以做嫖学教科书去读。这些书里面的主人公,不再是才子+(加)呆子,而是在婊子那里得了胜利的英雄豪杰,是才子+流氓。

在这之前,早已出现了一种画报,名目就叫《点石斋画报》,是吴友如[8]主笔的,神仙人物,内外新闻,无所不画,但对于外国事情,他很不明白,例如画战舰罢,是一只商船,而舱面上摆着野战炮;画决斗则两个穿礼服的军人在客厅里拔长刀相击,至于将花瓶也打落跌碎。然而他画"老鸨虐妓","流氓拆梢"之类,却实在画得很好的,我想,这是因为他看得太多了的缘故;就是在现在,我们在上海也常常看到和他所画一般的脸孔。这画报的势力,当时是很大的,流行各省,算是要知道"时务"——这名称在那时就如现在之所谓"新学"——的人们的耳目。前几年又翻印了,叫作《吴友如墨宝》,而影响到后来也实在利害,小说上的绣像[9]不必说了,就是在教科书的插画上,也常常看见所画的孩子大抵是歪戴帽,斜视眼,满脸横肉,一副流氓气。在现在,新的流氓画家又出了叶灵凤[10]先生,叶先生的画是从英国的毕亚兹莱(Aubrey Beardsley)剥来的,毕亚兹莱是"为艺术的艺术"派,他的画极受日本的"浮世绘"(Ukiyoe)[11]的影响。浮世绘虽是民间艺术,但所画的多是妓女和戏子,胖胖的身体,斜视的眼睛——Erotic(色情的)眼睛。不过毕亚兹莱画的人物却瘦瘦的,那是因为他是颓废派(Decadence)的缘故。颓废派的人们多是瘦削的,颓丧的,对于壮健的女人他有点惭愧,所以不喜欢。我们的叶先生的新斜眼画,正和吴友如的老斜眼画合流,那自然应该流行好几年。但他也并不只画流氓的,有一个时期也画过普罗列塔利亚,不过所画的工人也还是斜视眼,伸着特别大的拳头。但我以为画普罗列塔利亚应该是写实的,照工人原来的面貌,并不须画得拳头比脑袋还要大。

现在的中国电影,还在很受着这"才子+流氓"式的影响,里面的英雄,作为"好人"的英雄,也都是油头滑脑的,和一些住惯了上海,晓得怎样"拆梢","揩油","吊膀子"[12]的滑头少年一样。看了之后,令人觉得现在倘要做英雄,做好人,也必须是流氓。

才子+流氓的小说,但也渐渐的衰退了。那原因,我想,一则因为总是这一套老调子——妓女要钱,嫖客用手段,原不会写不完;二则因为所用的是苏白,如什么倪=我,耐=你,阿是=是否之类,除了老上海和江浙的人们之外,谁也看不懂。

然而才子+佳人的书,却又出了一本当时震动一时的小说,那就是从英文翻译过来的《迦茵小传》(H. R. Haggard: *Joan Haste*)[13]。但只有上半本,据译者说,原本从旧书摊上得来,非常之好,可惜觅不到下册,无可奈何了。果然,这很打动了才子佳人们的芳心,流行得很广很广。后来还至于打动了林琴南先生,将全部译出,仍旧名为《迦茵小传》。而同时受了先译者的大骂[14],说他不该全译,使迦茵的价值降低,给读者以不快的。于是才知道先前之所以只有半部,实非原本残缺,乃是因为记着迦茵生了一个私生子,译者故意不译的。其实这样的一部并不很长的书,外国也不至于分印成两本。但是,即此一端,也很可以看出当时中国对于婚姻的见解了。

这时新的才子+佳人小说便又流行起来,但佳人已是良家女子了,和才子相悦相恋,分拆不开,柳阴花下,像一对胡蝶,一双鸳鸯一样,但有时因为严亲,或者因为薄命,也竟至于偶见悲剧的结局,不再都成神仙了,——这实在不能不说是一个大进步。到了近来是在制造兼可擦脸的牙粉了的天虚我生先生所编的月刊杂志《眉语》[15]出现的时候,是这鸳鸯胡蝶式文学[16]的极盛时期。后来《眉语》虽遭禁止,势力却并不消退,直待《新青年》[17]盛行起来,这才受了打击。这时有伊孛生的剧本的绍介[18]和胡适之先生的《终身大事》[19]的别一形式的出现,虽然并不是故意的,然而鸳鸯胡蝶派作为命根的那婚姻问题,却也因此而诺拉(Nora)似的跑掉了。

这后来,就有新才子派的创造社[20]的出现。创造社是尊贵天才的,为艺术而艺术的,专重自我的,崇创作,恶翻译,尤其憎恶重译的,与同时上海的文学研究会[21]相对立。那出马的第一个广告[22]上,说有人"垄断"着文坛,就是指着文学研究会。文学研究会却也正相反,是主张为人生的艺术的,是一面创作,一面也看重翻译的,是注意于绍介被压迫民族文学的,这些都是小国度,没有人懂得他们的文字,因此也几乎全都是重译的。并且因为曾经声援过《新青年》,新仇夹旧仇,所以文学研究会这时就受了三方面的攻击。一方面就是创造社,既然是天才的艺术,那么看那为人生的艺术的文学研究会自然就是多管闲事,不免有些"俗"气,而且还以为无能,所以倘被发现一处误译,有时竟至于特做一篇长长的专论[23]。一方面是留学过美国的绅士派,他们以为文艺是专给老爷太太们看的,所以主角除老爷太太之外,只配有文人,学士,艺术家,教授,小姐等等,要会说Yes，No，这才是绅士的庄严，那时吴宓[24]先生就曾经发表过文章，说是真不懂为什么有些人竟喜欢描写下流社会。第三方面，则就是以前说过的鸳鸯胡蝶派，我不知道他们用的是什么方法，到底使书店老板将编辑《小说月报》[25]的一个文学研究会会员撤换，还出了《小说世界》[26]，来流布他们的文章。这一种刊物，是到了去年才停刊的。

创造社的这一战，从表面看来，是胜利的。许多作品，既和当时的自命才子们的心情相合，加以出版者的帮助，势力雄厚起来了。势力一雄厚，就看见大商店如商务印书馆，也有创造社员的译著的出版，——这是说，郭沫若[27]和张资平两位先生的稿件。这以来，据我所记得，是创造社也不再审查商务印书馆出版物的误译之处，来作专论了。这些地方，我想，是也有些才子+流氓式的。然而，"新上海"是究竟敌不过"老上海"的，创造社员在凯歌声中，终于觉到了自己就在做自己们的出版者的商品，种种努力，在老板看来，就等于眼镜铺大玻璃窗里纸人的睒眼，不过是"以广招徕"。待到希图独立出版的时候，老板就给吃了一场官司，虽然也终于独立，说是一切书籍，大加改订，另行印刷，从新开张了，然而旧老板却还是永远用了旧版子，只是印，卖，而且年年是什么纪念的大廉价。

商品固然是做不下去的，独立也活不下去。创造社的人们的去路，自然是在较有希望的"革命策源地"的广东。在广东，于是也有"革命文学"这名词的出现，然而并无什么作品，在上海,则并且还没有这名词。

到了前年,"革命文学"这名目这才旺盛起来了,主张的是从"革命策源地"回来的几个创造社元老和若干新份子。革命文学之所以旺盛起来,自然是因为由于社会的背景,一般群众,青年有了这样的要求。当从广东开始北伐的时候,一般积极的青年都跑到实际工作去了,那时还没有什么显著的革命文学运动,到了政治环境突然改变,革命遭了挫折,阶级的分化非常显明,国民党以"清党"之名,大戮共产党及革命群众,而死剩的青年们再入于被迫压的境遇,于是革命文学在上海这才有了强烈的活动。所以这革命文学的旺盛起来,在表面上和别国不同,并非由于革命的高扬,而是因为革命的挫折;虽然其中也有些是旧文人解下指挥刀来重理笔墨的旧业,有些是几个青年被从实际工作排出,只好借此谋生,但因为实在具有社会的基础,所以在新份子里,是很有极坚实正确的人存在的。但那时的革命文学运动,据我的意见,是未经好好的计划,很有些错误之处的。例如,第一,他们对于中国社会,未曾加以细密的分析,便将在苏维埃政权之下才能运用的方法,来机械地运用了。再则他们,尤其是成仿吾先生,将革命使一般人理解为非常可怕的事,摆着一种极左倾的凶恶的面貌,好似革命一到,一切非革命者就都得死,令人对革命只抱着恐怖。其实革命是并非教人死而是教人活的。这种令人"知道点革命的厉害",只图自己说得畅快的态度,也还是中了才子+流氓的毒。

激烈得快的，也平和得快，甚至于也颓废得快。倘在文人，他总有一番辩护自己的变化的理由，引经据典。譬如说，要人帮忙时候用克鲁巴金的互助论，要和人争闹的时候就用达尔文的生存竞争说。无论古今，凡是没有一定的理论，或主张的变化并无线索可寻，而随时拿了各种各派的理论来作武器的人，都可以称之为流氓。例如上海的流氓，看见一男一女的乡下人在走路，他就说，"喂，你们这样子，有伤风化，你们犯了法了！"他用的是中国法。倘看见一个乡下人在路旁小便呢，他就说，"喂，这是不准的，你犯了法，该捉到捕房去！"这时所用的又是外国法。但结果是无所谓法不法，只要被他敲去了几个钱就都完事。

在中国，去年的革命文学者和前年很有点不同了。这固然由于境遇的改变，但有些"革命文学者"的本身里，还藏着容易犯到的病根。"革命"和"文学"，若断若续，好像两只靠近的船，一只是"革命"，一只是"文学"，而作者的每一只脚就站在每一只船上面。当环境较好的时候，作者就在革命这一只船上踏得重一点，分明是革命者，待到革命一被压迫，则在文学的船上踏得重一点，他变了不过是文学家了。所以前年的主张十分激烈，以为凡非革命文学，统得扫荡的人，去年却记得了列宁爱看冈却罗夫（I. A. Gontcharov）[28]的作品的故事，觉得非革命文学，意义倒也十分深长；还有最彻底的革命文学家叶灵凤先生，他描写革命家，彻底到每次上茅厕时候都用我的《呐喊》去揩屁股[29]，现在却竟会莫名其妙的跟在所谓民族主义文学家屁股后面了。

类似的例,还可以举出向培良[30]先生来。在革命渐渐高扬的时候,他是很革命的;他在先前,还曾经说,青年人不但嗥叫,还要露出狼牙来。这自然也不坏,但也应该小心,因为狼是狗的祖宗,一到被人驯服的时候,是就要变而为狗的。向培良先生现在在提倡人类的艺术了,他反对有阶级的艺术的存在,而在人类中分出好人和坏人来,这艺术是"好坏斗争"的武器。狗也是将人分为两种的,豢养它的主人之类是好人,别的穷人和乞丐在它的眼里就是坏人,不是叫,便是咬。然而这也还不算坏,因为究竟还有一点野性,如果再一变而为吧儿狗,好像不管闲事,而其实在给主子尽职,那就正如现在的自称不问俗事的为艺术而艺术的名人们一样,只好去点缀大学教室了。

这样的翻着筋斗的小资产阶级,即使是在做革命文学家,写着革命文学的时候,也最容易将革命写歪;写歪了,反于革命有害,所以他们的转变,是毫不足惜的。当革命文学的运动勃兴时,许多小资产阶级的文学家忽然变过来了,那时用来解释这现象的,是突变之说。但我们知道,所谓突变者,是说 A 要变 B,几个条件已经完备,而独缺其一的时候,这一个条件一出现,于是就变成了 B。譬如水的结冰,温度须到零点,同时又须有空气的振动,倘没有这,则即便到了零点,也还是不结冰,这时空气一振动,这才突变而为冰了。所以外面虽然好像突变,其实是并非突然的事。倘没有应具的条件的,那就是即使自说已变,实际上却并没有变,所以有些忽然一天晚上自称突变过来的小资产阶级革命文学家，不久就又突变回去了。

去年左翼作家联盟在上海的成立，是一件重要的事实。因为这时已经输入了蒲力汗诺夫，卢那卡尔斯基等的理论，给大家能够互相切磋，更加坚实而有力，但也正因为更加坚实而有力了，就受到世界上古今所少有的压迫和摧残，因为有了这样的压迫和摧残，就使那时以为左翼文学将大出风头，作家就要吃劳动者供献上来的黄油面包了的所谓革命文学家立刻现出原形，有的写悔过书，有的是反转来攻击左联，以显出他今年的见识又进了一步。这虽然并非左联直接的自动，然而也是一种扫荡，这些作者，是无论变与不变，总写不出好的作品来的。

但现存的左翼作家，能写出好的无产阶级文学来么？我想，也很难。这是因为现在的左翼作家还都是读书人——智识阶级，他们要写出革命的实际来，是很不容易的缘故。日本的厨川白村（H. Kuriyagawa）曾经提出过一个问题，说：作家之所描写，必得是自己经验过的么？他自答道，不必，因为他能够体察。[31]所以要写偷，他不必亲自去做贼，要写通奸，他不必亲自去私通。但我以为这是因为作家生长在旧社会里，熟悉了旧社会的情形，看惯了旧社会的人物的缘故，所以他能够体察；对于和他向来没有关系的无产阶级的情形和人物，他就会无能，或者弄成错误的描写了。所以革命文学家，至少是必须和革命共同着生命，或深切地感受着革命的脉搏的。（最近左联的提出了"作家的无产阶级化"的口号，就是对于这一点的很正确的理解。)

在现在中国这样的社会中,最容易希望出现的,是反叛的小资产阶级的反抗的,或暴露的作品。因为他生长在这正在灭亡着的阶级中,所以他有甚深的了解,甚大的憎恶,而向这剌下去的刀也最为致命与有力。固然,有些貌似革命的作品,也并非要将本阶级或资产阶级推翻,倒在憎恨或失望于他们的不能改良,不能较长久的保持地位,所以从无产阶级的见地看来,不过是"兄弟阋于墙",两方一样是敌对。但是,那结果,却也能在革命的潮流中,成为一粒泡沫的。对于这些的作品,我以为实在无须称之为无产阶级文学,作者也无须为了将来的名誉起见,自称为无产阶级的作家的。

但是,虽是仅仅攻击旧社会的作品,倘若知不清缺点,看不透病根,也就于革命有害,但可惜的是现在的作家,连革命的作家和批评家,也往往不能,或不敢正视现社会,知道它的底细,尤其是认为敌人的底细。随手举一个例罢,先前的《列宁青年》[32]上,有一篇评论中国文学界的文章,将这分为三派,首先是创造社,作为无产阶级文学派,讲得很长,其次是语丝社,作为小资产阶级文学派,可就说得短了,第三是新月社,作为资产阶级文学派,却说得更短,到不了一页。这就在表明:这位青年批评家对于愈认为敌人的,就愈是无话可说,也就是愈没有细看。自然,我们看书,倘看反对的东西,总不如看同派的东西的舒服,爽快,有益;但倘是一个战斗者,我以为,在了解革命和敌人上,倒是必须更多的去解剖当面的敌人的。要写文学作品也一样，不但应该知道革命的实际，也必须深知敌人的情形，现在的各方面的状况，再去断定革命的前途。惟有明白旧的，看到新的，了解过去，推断将来，我们的文学的发展才有希望。我想，这是在现在环境下的作家，只要努力，还可以做得到的。

在现在，如先前所说，文艺是在受着少有的压迫与摧残，广泛地现出了饥馑状态。文艺不但是革命的，连那略带些不平色彩，不但是指摘现状的，连那些攻击旧来积弊的，也往往就受迫害。这情形，即在说明至今为止的统治阶级的革命，不过是争夺一把旧椅子。去推的时候，好像这椅子很可恨，一夺到手，就又觉得是宝贝了，而同时也自觉了自己正和这"旧的"一气。二十多年前，都说朱元璋（明太祖）[33]是民族的革命者，其实是并不然的，他做了皇帝以后，称蒙古朝为"大元"，杀汉人比蒙古人还利害。奴才做了主人，是决不肯废去"老爷"的称呼的，他的摆架子，恐怕比他的主人还十足，还可笑。这正如上海的工人赚了几文钱，开起小小的工厂来，对付工人反而凶到绝顶一样。

在一部旧的笔记小说——我忘了它的书名了——上，曾经载有一个故事，说明朝有一个武官叫说书人讲故事，他便对他讲檀道济——晋朝的一个将军，讲完之后，那武官就盼咐打说书人一顿，人问他什么缘故，他说道："他既然对我讲檀道济，那么，对檀道济是一定去讲我的了。"[34]现在的统治者也神经衰弱到像这武官一样，什么他都怕，因而在出版界上也布置了比先前更进步的流氓,令人看不出流氓的形式而却用着更厉害的流氓手段:用广告,用诬陷,用恐吓;甚至于有几个文学者还拜了流氓做老子[35],以图得到安稳和利益。因此革命的文学者,就不但应该留心迎面的敌人,还必须防备自己一面的三翻四复的暗探了,较之简单地用着文艺的斗争,就非常费力,而因此也就影响到文艺上面来。

现在上海虽然还出版着一大堆的所谓文艺杂志,其实却等于空虚。以营业为目的的书店所出的东西,因为怕遭殃,就竭力选些不关痛痒的文章,如说"命固不可以不革,而亦不可以太革"之类,那特色是在令人从头看到末尾,终于等于不看。至于官办的,或对官场去凑趣的杂志呢,作者又都是乌合之众,共同的目的只在捞几文稿费,什么"英国维多利亚朝的文学"呀,"论刘易士得到诺贝尔奖金"呀,连自己也并不相信所发的议论,连自己也并不看重所做的文章。所以,我说,现在上海所出的文艺杂志都等于空虚,革命者的文艺固然被压迫了,而压迫者所办的文艺杂志上也没有什么文艺可见。然而,压迫者当真没有文艺么?有是有的,不过并非这些,而是通电,告示,新闻,民族主义的"文学"[36],法官的判词等。例如前几天,《申报》上就记着一个女人控诉她的丈夫强迫鸡奸并殴打得皮肤上成了青伤的事,而法官的判词却道,法律上并无禁止丈夫鸡奸妻子的明文,而皮肤打得发青,也并不算毁损了生理的机能,所以那控诉就不能成立。现在是那男人反在控诉他的女人的"诬告"了。法律我不知道，至于生理学，却学过一点，皮肤被打得发青，肺、肝，或肠胃的生理的机能固然不至于毁损，然而发青之处的皮肤的生理的机能却是毁损了的。这在中国的现在，虽然常常遇见，不算什么稀奇事，但我以为这就已经能够很明白的知道社会上的一部分现象，胜于一篇平凡的小说或长诗了。

除以上所说之外，那所谓民族主义文学，和闹得已经很久了的武侠小说之类，是也还应该详细解剖的。但现在时间已经不够，只得待将来有机会再讲了。今天就这样为止罢。

*　　　*　　　*

〔1〕 本篇最初发表于1931年7月27日和8月3日上海《文艺新闻》第二十期和二十一期，收入《二心集》时，作者曾略加修改。据鲁迅日记，讲演日期应是1931年7月20日，副标题所记8月12日有误。

〔2〕《申报》 中国近代历史最久的综合性报纸，1872年（清同治十一年）4月30日由英商创办于上海，1909年后几度易主，至1949年5月26日停刊。该报最初的内容，除国内外新闻记事外，还刊载一些竹枝词、俗语、灯谜、诗文唱和等；这类作品的撰稿者多为当时所谓"才子"之类。

〔3〕《红楼梦》 长篇小说，清代曹雪芹著。通行本为一百二十回，后四十回一般认为是高鹗续作。古今体诗，古体诗和今体诗。格律严格的律诗、绝句、排律等，形成于唐代，唐代人称之为今体诗（或近体诗）；而对产生较早，格律较自由的古诗、古风，则称为古体诗。后人也

沿用这一称呼。

〔4〕 道不行,乘桴浮于海　语出《论语·公冶长》。意思是如果自己的学说得不到国君的理解和重视,就乘小船到海上漂流。

〔5〕《儒林外史》　长篇小说,清代吴敬梓著,共五十五回。书中对科举制度和封建礼教多有讽刺。

〔6〕《三宝太监西洋记》　即《三宝太监西洋记通俗演义》,明代罗懋登著,共二十卷,一百回。

〔7〕《快心编》　清末较流行的通俗小说之一,署名天花才子编辑,四桔居士评点,共三集,三十二回。

〔8〕《点石斋画报》　旬刊,附属于《申报》发行的一种石印画报,1884年创刊,1898年停刊。由申报馆附设的点石斋石印书局出版,吴友如主编。后来吴友如把他在该刊所发表的作品汇辑出版,分订成册,题为《吴友如墨宝》。吴友如(？—约1893),名猷(又作嘉猷),字友如,江苏元和(今苏州)人,清末画家。

〔9〕 绣像　指明清以来通俗小说卷头的书中人物的白描画像。

〔10〕 叶灵凤(1904—1975)　江苏南京人,作家、画家。曾参加创造社。1926年至1927年初,他在上海办《幻洲》半月刊,宣扬"新流氓主义"。

〔11〕 "浮世绘"　日本德川幕府时代(1603—1867)的一种民间版画,题材多取自下层市民社会的生活。十八世纪末期逐渐衰落。

〔12〕 "拆梢"　即敲诈;"揩油",指对妇女的猥亵行为;"吊膀子",即勾引妇女。这些都是上海方言。

〔13〕《迦茵小传》 英国哈葛德所作长篇小说。该书最初有署名蟠溪子(杨紫麟)的译文,仅为原著的下半部,1903年上海文明书局出版,当时流行很广。后由林琴南根据魏易口述,译出全文,1905年商务印书馆出版。

〔14〕林琴南(1852—1924) 名纾,号畏庐,福建闽侯(今属福州)人,翻译家。他曾据别人口述,以文言翻译欧美文学作品一百多种,在当时影响很大,后集为《林译小说》。他晚年是反对五四新文化运动的守旧派代表人物。先译者的大骂,当指寅半生作《读迦因小传两译本书后》一文(载1906年杭州出版的《游戏世界》第十一期),其中说:"蟠溪子不知几费踌躇,几费斟酌,始将有孕一节为迦因隐去。……不意有林畏庐者,不知与迦因何仇,凡蟠溪子百计所弥缝而曲为迦因讳者,必欲另补之以彰其丑。……呜呼!迦因何幸而得蟠溪子为之讳其短而显其长,而使读迦因小传者咸神往于迦因也;迦因何不幸而复得林畏庐为之暴其行而贡其丑,而使读迦因小传者咸轻薄夫迦因也。"寅半生(1865—?),原名钟骏文,浙江萧山人,当时为《游戏世界》编辑。

〔15〕天虚我生 即陈蝶仙(1878—1940),原名寿同,字蝶仙,别署天虚我生,浙江钱塘人,鸳鸯蝴蝶派作家。九一八事变后,在国人抵制日货声中,他经营的家庭工业社制造了取代日本"金钢石"牙粉的"无敌牌"牙粉,因盛销各地而致富。按天虚我生曾于1920年编辑《申报·自由谈》,不是《眉语》主编。《眉语》,鸳鸯蝴蝶派的月刊,高剑华主编,1914年10月创刊,1916年出至第十八期停刊。

〔16〕鸳鸯胡蝶式文学 指鸳鸯蝴蝶派作品,多用文言文描写才子佳人的爱情故事,故有"鸳鸯蝴蝶"的喻称。鸳鸯蝴蝶派兴起于清末

民初,先后办过《小说时报》、《民权素》、《小说丛报》、《礼拜六》等刊物;因《礼拜六》影响较大,故又称礼拜六派。代表作家有包天笑、陈蝶仙、徐枕亚、周瘦鹃、张恨水等。

〔17〕《新青年》 综合性月刊。"五四"时期倡导新文化运动、传播马克思主义的重要刊物。1915年9月创刊于上海,由陈独秀主编。第一卷名《青年杂志》,第二卷起改名《新青年》。从1918年1月起,李大钊等参加该刊编辑工作。1922年7月休刊。

〔18〕伊孛生(H. Ibsen, 1828—1906) 通译易卜生,挪威剧作家。他的作品批判资产阶级社会的虚伪、庸俗,提出婚姻、家庭和社会的改革问题。剧本有《玩偶之家》、《国民公敌》等。《玩偶之家》写娜拉(诺拉)不甘做丈夫的玩偶而离家出走的故事,"五四"时期译成中文并上演,产生较大影响。其他主要剧作也曾在当时译成中文,《新青年》第四卷第六号(1918年6月)曾出版介绍他生平、思想及作品的专号。

〔19〕《终身大事》 以婚姻问题为题材的剧本,发表于《新青年》第六卷第三号(1919年3月)。胡适之(1891—1962),名适,字适之,安徽绩溪人。他在"五四"时期是新文化运动的代表人物之一。

〔20〕创造社 文学团体,1921年6月成立于东京。主要成员有郭沫若、郁达夫、成仿吾等。它初期的文学倾向是浪漫主义,带有反帝、反封建的色彩。第一次国内革命战争期间,郭沫若、成仿吾等先后参加革命实际工作。1927年该社倡导无产阶级革命文学运动,同时增加了冯乃超、彭康、李初梨等从国外回来的新成员。1928年,创造社和另一提倡无产阶级文学的太阳社对鲁迅的批评和鲁迅对他们的反驳,形成了一次以革命文学问题为中心的论争。1929年2月,该社被国民党封

闭。它曾先后编辑出版《创造》（季刊）、《创造周报》、《创造日》、《洪水》、《创造月刊》、《文化批判》等刊物，以及《创造丛书》。

〔21〕 文学研究会　文学团体，1921年1月成立于北京，由沈雁冰、郑振铎、叶绍钧等十二人发起，主张"为人生的艺术"，提倡现实主义的为改造社会服务的新文学，反对把文学当作游戏或消遣品。同时着力介绍俄国和东欧、北欧及其他"弱小民族"的文学作品。该会当时的活动，对于中国新文学运动，曾起了很大的推动作用。编有《小说月报》、《文学旬刊》、《文学周报》、《诗》和《文学研究会丛书》多种。鲁迅是这个文学团体的支持者。

〔22〕 创造社"出马的第一个广告"，指《创造》季刊的出版广告，载于1921年9月29日《时事新报》，其中有"自文化运动发生后，我国新文艺为一、二偶像所垄断"等话。

〔23〕 这里说的批评误译的专论，指成仿吾在《创造季刊》第二卷第一期（1923年5月）发表的《"雅典主义"》的文章。它对佩韦（沈雁冰）的《今年纪念的几个文学家》（载1922年12月《小说月报》）一文中将无神论（Atheism）误译为"雅典主义"加以批评。

〔24〕 吴宓（1894—1978）　字雨僧，陕西泾阳人。曾留学美国，后任东南大学教授。1921年他同梅光迪、胡先骕等人创办《学衡》杂志，提倡复古主义。

〔25〕 《小说月报》　1910年（清宣统二年）创刊于上海，商务印书馆出版，开始由王蕴章、恽铁樵先后主编，是礼拜六派的主要刊物之一。1921年1月第十二卷第一期起，由沈雁冰主编，内容大加改革，因此遭到礼拜六派的攻击。1923年1月第十四卷起改由郑振铎主编。

1931年12月出至第二十二卷第十二期,因侵华日军炸毁商务印书馆而停刊。

〔26〕 《小说世界》 周刊,鸳鸯蝴蝶派为对抗革新后的《小说月报》创办的刊物,叶劲风主编。1923年1月创刊于上海,商务印书馆出版。1929年12月停刊。

〔27〕 郭沫若(1892—1978) 四川乐山人,文学家、历史学家和社会活动家。早年从事革命文化活动,是创造社的主要发起人。1926年投身北伐战争,1927年参加八一南昌起义,失败后旅居日本,从事中国古代史和古文字学的研究。抗日战争爆发后回国,在中国共产党领导下,组织和团结国统区进步文化人士从事抗日和民主运动。主要文学作品有诗集《女神》、历史剧《屈原》等。

〔28〕 冈却罗夫(И. А. Гончаров,1812—1891) 通译冈察洛夫,俄国作家。著有长篇小说《奥勃洛摩夫》等。列宁在《论苏维埃共和国的国内外形势》等文中曾多次提到奥勃洛摩夫这个艺术形象。

〔29〕 指叶灵凤的小说《穷愁的自传》,载《现代小说》第三卷第二期(1929年11月)。小说中的主角魏日青说:"照着老例,起身后我便将十二枚铜元从旧货摊上买来的一册《呐喊》撕下三页到露台上去大便。"

〔30〕 向培良(1905—1959) 湖南黔阳人,狂飙社主要成员之一。他在《狂飙》第五期(1926年11月)《论孤独者》一文中曾说:青年们"愤怒而且嗥叫,像一个被追逐的狼,回过头来,露出牙……。"1929年他在上海主编《青春月刊》,提倡"民族主义文学"及"人类底艺术"。所著《人类的艺术》一书,1930年5月由国民党南京拔提书店出版。

〔31〕 厨川白村的这些话,见于他所作《苦闷的象征》第三部分中的《短篇〈项链〉》一节。

〔32〕《列宁青年》 中国共产主义青年团的机关刊物。1923年10月在上海创刊,原名《中国青年》,1927年11月改为《无产青年》,1928年10月又改为《列宁青年》,1932年停刊。这里所说的文章,指载于该刊第一卷第十一期(1929年3月)得钊的《一年来中国文艺界述评》。

〔33〕 朱元璋(1328—1398) 濠州钟离(今安徽凤阳)人,元末农民起义军领袖之一,明朝第一个皇帝。辛亥革命前夕,同盟会机关报《民报》上曾登过他的画像,称他为"中国大民族革命伟人"、"中国革命之英雄"。

〔34〕 按这里说的檀道济当为韩信,见宋代江少虞著《事实类苑》:"党进不识文字,……过市,见缚栏为戏者,驻马问汝所诵何言。优者曰:'说韩信。'进大怒曰:'汝对我说韩信,见韩信即当说我;此三面两头之人。'即令杖之。"

〔35〕 拜了流氓做老子 指和上海流氓帮口头子有勾结,并拜他们做师父和干爹的所谓"文学家"。

〔36〕 民族主义的"文学" 当时由国民党当局策划的文学运动。

帮忙文学与帮闲文学[1]

——十一月二十二日在北京大学第二院讲

我四五年未到这边,对于这边情形,不甚熟悉;我在上海的情形,也非诸君所知。所以今天还是讲帮闲文学与帮忙文学。

这当怎么讲?从五四运动后,新文学家很提倡小说;其故由当时提倡新文学的人看见西洋文学中小说地位甚高,和诗歌相仿佛;所以弄得像不看小说就不是人似的。但依我们中国的老眼睛看起来,小说是给人消闲的,是为酒余茶后之用。因为饭吃得饱饱的,茶喝得饱饱的,闲起来也实在是苦极的事,那时候又没有跳舞场:明末清初的时候,一份人家必有帮闲的东西存在的。那些会念书会下棋会画画的人,陪主人念念书,下下棋,画几笔画,这叫做帮闲,也就是篾片!所以帮闲文学又名篾片文学。小说就做着篾片的职务。汉武帝时候,只有司马相如不高兴这样,常常装病不出去。[2]至于究竟为什么装病,我可不知道。倘说他反对皇帝是为了卢布,我想大概是不会的,因为那个时候还没有卢布。大凡要亡国的时候,皇帝无事,臣子谈谈女人,谈谈酒,像六朝的南朝,开国的时候,这些人便做诏令,做敕,做宣言,做电报,——做所谓皇皇大文。主人一到第二代就不忙了,于是臣子就帮闲。所以帮闲文学实在就是帮忙文学。

中国文学从我看起来,可以分为两大类:(一)廊庙文学,这就是已经走进主人家中,非帮主人的忙,就得帮主人的闲;与这相对的是(二)山林文学。唐诗即有此二种。如果用现代话讲起来,是"在朝"和"下野"。后面这一种虽然暂时无忙可帮,无闲可帮,但身在山林,而"心存魏阙"〔3〕。如果既不能帮忙,又不能帮闲,那么,心里就甚是悲哀了。

中国是隐士和官僚最接近的。那时很有被聘的希望,一被聘,即谓之征君;开当铺,卖糖葫芦是不会被征的。我曾经听说有人做世界文学史,称中国文学为官僚文学。看起来实在也不错。一方面固然由于文字难,一般人受教育少,不能做文章,但在另一方面看起来,中国文学和官僚也实在接近。

现在大概也如此。惟方法巧妙得多了,竟至于看不出来。今日文学最巧妙的有所谓为艺术而艺术派。这一派在五四运动时代,确是革命的,因为当时是向"文以载道"〔4〕说进攻的,但是现在却连反抗性都没有了。不但没有反抗性,而且压制新文学之发生。对社会不敢批评,也不能反抗,若反抗,便说对不起艺术。故也变成帮忙柏勒思(plus)〔5〕帮闲。为艺术而艺术派对俗事是不问的,但对于俗事如主张为人生而艺术的人是反对的,例如现代评论派〔6〕,他们反对骂人,但有人骂他们,他们也是要骂的。他们骂骂人的人,正如杀杀人的一样——他们是刽子手。

这种帮忙和帮闲的情形是长久的。我并不劝人立刻把中国的文物都抛弃了,因为不看这些,就没有东西看;不帮忙也不帮闲的文学真也太不多。现在做文章的人们几乎都是帮闲帮忙的人物。有人说文学家是很高尚的,我却不相信与吃饭问题无关,不过我又以为文学与吃饭问题有关也不打紧,只要能比较的不帮忙不帮闲就好。

*　　　*　　　*

〔1〕 本篇记录稿最初发表于1932年12月17日天津《电影与文艺》创刊号。收入《集外集拾遗》时曾经鲁迅修订。

〔2〕 关于司马相如装病不出的事,据《史记·司马相如传》:"相如口吃而善著书。常有消渴疾。与卓氏婚,饶于财。其进仕宦,未尝肯与公卿国家之事,称病闲居,不慕官爵。"

〔3〕 "心存魏阙" 语出《庄子·让王》:"身在江海之上,心居乎魏阙之下。"魏阙,古代宫门两边巍然高耸的台观,其下为悬布法令之所,因以用作朝廷的代称。

〔4〕 "文以载道" 语出宋代周敦颐《通书·文辞》:"文所以载道也","文,辞艺也。道,德实也。"

〔5〕 柏勒思(Plus) 英语:"加"的意思。

〔6〕 现代评论派 指《现代评论》杂志(1924年12月在北京创刊)的主要撰稿人胡适、陈西滢、徐志摩等。陈西滢在《现代评论》第三卷第五十三期(1925年12月12日)发表的《闲话》中标榜"绝不肆口嫚骂"。但实际上他们常对鲁迅和他们所反对的人进行种种攻击和谩骂。

今春的两种感想[1]

——十一月二十二日在北平辅仁大学演讲

我是上星期到北平的,论理应当带点礼物送给青年诸位,不过因为奔忙匆匆未顾得及,同时也没有什么可带的。

我近来是在上海,上海与北平不同,在上海所感到的,在北平未必感到。今天又没豫备什么,就随便谈谈吧。

昨年东北事变详情我一点不知道,想来上海事变[2]诸位一定也不甚了然。就是同在上海也是彼此不知,这里死命的逃死,那里则打牌的仍旧打牌,跳舞的仍旧跳舞。

打起来的时候,我是正在所谓火线里面[3],亲遇见捉去许多中国青年。捉去了就不见回来,是生是死也没人知道,也没人打听,这种情形是由来已久了,在中国被捉去的青年素来是不知下落的。东北事起,上海有许多抗日团体,有一种团体就有一种徽章。这种徽章,如被日军发现死是很难免的。然而中国青年的记性确是不好,如抗日十人团[4],一团十人,每人有一个徽章,可是并不一定抗日,不过把它放在袋里。但被捉去后这就是死的证据。还有学生军[5]们,以前是天天练操,不久就无形中不练了,只有军装的照片存在,并且把操衣放在家中,自己也忘却了。然而一被日军查出时是又必定要送命的。像这一般青年被杀,大家大为不平,以为日人太残酷。其实这完全是因为脾气不同的缘故,日人太认真,而中国人却太不认真。中国的事情往往是招牌一挂就算成功了。日本则不然。他们不像中国这样只是作戏似的。日本人一看见有徽章,有操衣的,便以为他们一定是真在抗日的人,当然要认为是劲敌。这样不认真的同认真的碰在一起,倒霉是必然的。

中国实在是太不认真,什么全是一样。文学上所见的常有新主义,以前有所谓民族主义的文学[6]也者,闹得很热闹,可是自从日本兵一来,马上就不见了。我想大概是变成为艺术而艺术了吧。中国的政客,也是今天谈财政,明日谈照像,后天又谈交通,最后又忽然念起佛来了。外国不然。以前欧洲有所谓未来派艺术。未来派的艺术是看不懂的东西。但看不懂也并非一定是看者知识太浅,实在是它根本上就看不懂。文章本来有两种:一种是看得懂的,一种是看不懂的。假若你看不懂就自恨浅薄,那就是上当了。不过人家是不管看懂与不懂的——看不懂如未来派的文学,虽然看不懂,作者却是拚命的,很认真的在那里讲。但是中国就找不出这样例子。

还有感到的一点是我们的眼光不可不放大,但不可放的太大。

我那时看见日本兵不打了,就搬了回去,但忽然又紧张起来了。后来打听才知道是因为中国放鞭炮引起的。那天因为是月蚀,故大家放鞭炮来救她。在日本人意中以为在这样的时光,中国人一定全忙于救中国抑救上海,万想不到中国人却救的那样远,去救月亮去了。

我们常将眼光收得极近,只在自身,或者放得极远,到北极,或到天外,而这两者之间的一圈可是绝不注意的,譬如食物吧,近来馆子里是比较干净了,这是受了外国影响之故,以前不是这样。例如某家烧卖好,包子好,好的确是好,非常好吃,但盘子是极污秽的,去吃的人看不得盘子,只要专注在吃的包子烧卖就是,倘使你要注意到食物之外的一圈,那就非常为难了。

在中国做人,真非这样不成,不然就活不下去。例如倘使你讲个人主义,或者远而至于宇宙哲学,灵魂灭否,那是不要紧的。但一讲社会问题,可就要出毛病了。北平或者还好,如在上海则一讲社会问题,那就非出毛病不可,这是有验的灵药,常常有无数青年被捉去而无下落了。

在文学上也是如此。倘写所谓身边小说,说苦痛呵,穷呵,我爱女人而女人不爱我呵,那是很妥当的,不会出什么乱子。如要一谈及中国社会,谈及压迫与被压迫,那就不成。不过你如果再远一点,说什么巴黎伦敦,再远些,月界,天边,可又没有危险了。但有一层要注意,俄国谈不得。

上海的事又要一年了,大家好似早已忘掉了,打牌的仍旧打牌,跳舞的仍旧跳舞。不过忘只好忘,全记起来恐怕脑中也放不下。倘使只记着这些,其他事也没工夫记起了。不过也可以记一个总纲。如"认真点","眼光不可不放大但不可放的太大",就是。这本是两句平常话,但我的确知道了这两句话,是在死了许多性命之后。许多历史的教训,都是用极大的牺牲换来的。譬如吃东西罢,某种是毒物不能吃,我们好像全惯了,很平常了。不过,这一定是以前有多少人吃死了,才知道的。所以我想,第一次吃螃蟹的人是很可佩服的,不是勇士谁敢去吃它呢?螃蟹有人吃,蜘蛛一定也有人吃过,不过不好吃,所以后人不吃了。像这种人我们当极端感谢的。

我希望一般人不要只注意在近身的问题,或地球以外的问题,社会上实际问题是也要注意些才好。

* * *

〔1〕 本篇记录稿最初发表于1932年11月30日北京《世界日报》"教育"栏。发表前曾经鲁迅修订。

〔2〕 东北事变 指1931年九一八事变。上海事变,指1932年一·二八事变。

〔3〕 一·二八事变时,鲁迅寓所在上海北四川路,临近战区。

〔4〕 抗日十人团 九一八事变后上海各界自发成立的一种爱国群众组织。

〔5〕 学生军 又称学生义勇军。九一八事变后各地大、中学校成立的学生组织。

〔6〕 民族主义的文学 1930年6月由国民党当局策划的文学运动,发起人是潘公展、范争波、朱应鹏、傅彦长、王平陵等,假借"民族主义"反对正在兴起的左翼文学运动。曾出版《前锋周报》、《前锋月刊》等刊物。